冯内古特的一生

943

F，接受了
培训，包括
射训练等。

1944

母亲节休假回家发现母亲自杀了。同年被德军俘虏，所搭乘的战俘专列被误炸，约150人死亡，冯内古特幸存。

1945

亲历德累斯顿大轰炸，躲在屠场地窖得以幸存，代表作《五号屠场》就是以此段经历为原型。后来冯内古特这样形容他的善后工作："13 万具尸体藏在地下，等着我找到、火化它们，真是特别的复活节找彩蛋派对。"

1951

从通用电器公司离职，正式成了全职作家。

1952

出版处女作《自动钢琴》。主角在工作的摧残中揭竿而起，带着同事把所有机器都砸了。

1965

爱荷华大学作家工
教书，约翰·欧文
崇拜这位老师。

1967

获得古根海姆奖学金，重返德累斯顿。

1969

出版《五号屠场》，瞬间引爆了当时深陷越南战争的美国社会的反战情绪。本书曾被禁至少 18 次，成为《世界百大禁书》榜首。

1970

担任哈佛大学创意写作课讲师。

1972

电影《五号屠场》上映。

973

冠军早餐》。

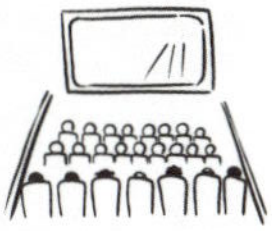

1985

出版《咒语》。

1997

出版最后一本长篇小说《时震》，并在本书中准确预言10年后自己的死亡。

2007

发表公开演讲谴责布什政府挑起伊拉克战争："布什和希特勒唯一的区别是，希特勒是通过民选上台的。"

2007

冯内古特在《五号屠场》中的化身的墓志铭是："一切曾经美好，没有痛苦。"

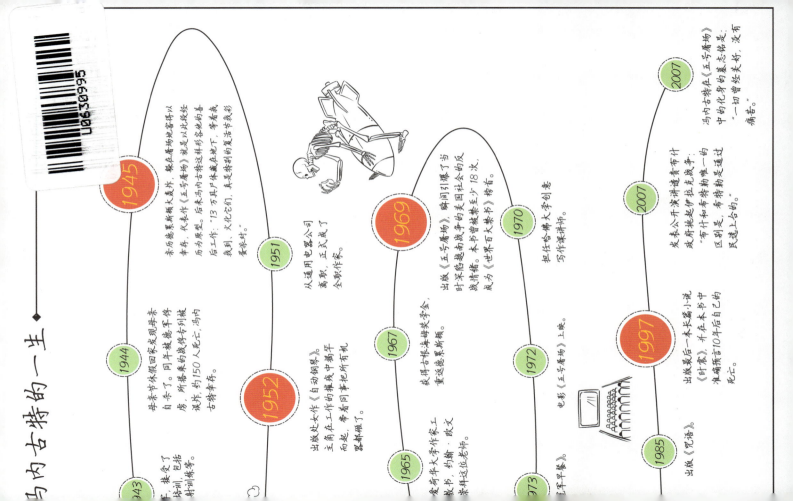

读客®

读客彩条外国文学文库

外国文学读彩条，大师经典任你挑

猫的摇篮

[美] 库尔特 · 冯内古特　著　　姚向辉　译

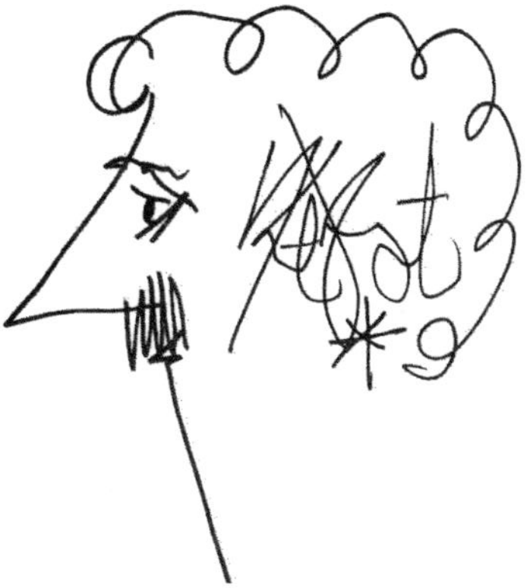

CAT'S CRADLE

海南出版社
· 海口 ·

图书在版编目（CIP）数据

猫的摇篮 /（美）库尔特·冯内古特 (Kurt Vonnegut) 著；姚向辉译. -- 海口：海南出版社，2023.7

书名原文：CAT'S CRADLE
ISBN 978-7-5730-1117-6

Ⅰ. ①猫… Ⅱ. ①库… ②姚… Ⅲ. ①长篇小说－美国－现代 Ⅳ. ① I712.45

中国国家版本馆 CIP 数据核字 (2023) 第 078683 号

猫的摇篮
MAO DE YAOLAN

作　　者　［美］库尔特·冯内古特
译　　者　姚向辉
责任编辑　王金丽
执行编辑　徐雁晖
特约编辑　武姗姗　王　品　夏文彦
封面设计　李子琪
印刷装订　河北中科印刷科技发展有限公司
策　　划　读客文化
版　　权　读客文化
出版发行　海南出版社
地　　址　海口市金盘开发区建设三横路 2 号
邮　　编　570216
编辑电话　0898-66822026
网　　址　http://www.hncbs.cn
开　　本　880 毫米 × 1230 毫米　1/32
印　　张　8.25
字　　数　135 千
版　　次　2023 年 7 月第 1 版
印　　次　2023 年 7 月第 1 次印刷
书　　号　ISBN 978-7-5730-1117-6
定　　价　65.00 元

献给肯尼斯·里陶尔，

一个有勇气和格调的男人。

这本书里没有一句真话。

“靠福麻*生活能让你既勇敢又仁慈，既健康又快乐。”

——《博克侬之书》第一章第五节

* 无害的非真相。——原注

目 录

1
世界终结之日

叫我约拿[1]好了。我爹妈就这么叫我——反正差不离吧，他们叫我约翰。

是约拿还是约翰都无所谓，就算我本来叫萨姆，也还是一个约拿。不是因为我给别人带来了厄运，而是因为总会有人或事把我在特定的时间带到特定的地点，没有任何例外。传输的方式和动机有可能合乎常理，也有可能异乎寻常，但反正都会从天而降。然后，这个约拿就会按照老天的计划，在每一个指定的时刻出现在每一个指定的地点。

听我说：

我还年轻的时候——两个老婆之前，二十五万支香烟之前，三千夸脱[2]烈酒之前……

我还非常年轻的时候，开始搜集素材，准备写一本名叫《世界

1 《圣经》中的先知，曾受耶和华之命去亚述帝国首都尼尼微城传天谴警告，却借机逃跑，被吞入鲸腹。约拿悔改并祷告，随后被救出，履行了传道职责。——编者注

2 英美制容积单位，1夸脱约等于1000毫升。——编者注

终结之日》的书。

这本书要写真人真事。

这本书要讲述第一颗原子弹投在广岛的那天，美国的重要人士都在干什么。

这本书要用来宣传基督教，当时我是一名基督徒。

现在我信奉博克依教。

要是当时就有人教我学习博克依苦甜参半的谎言，我大概早就是一名博克依教徒了。然而除了加勒比海的圣洛伦佐共和国，在环绕这个小岛的砾石滩涂和嶙峋珊瑚之外，根本没人听说过博克依教的名字。

我们博克依教徒相信人类被组织成队伍，这些队伍按照神的旨意行事，但永远不会发觉自己在干什么。博克依称这么一个队伍为一个卡拉斯，而把我引入我所属的那个卡拉斯的工具（也就是坎坎）正是《世界终结之日》——我一直没写完的那本书。

2

好，很好，非常好

“假如你发现你的生活和另一个人的生活纠缠在一起，但找不到非常符合逻辑的理由，”博克依写道，“那么这个人就有可能属于你的卡拉斯。”

他在《博克侬之书》里还教导我们："人创造了棋盘，神创造了卡拉斯。"通过这个比喻，他想表达的是卡拉斯超越了国家、机构、职业、家庭和阶级的界限。

它和阿米巴变形虫一样，没有固定的形态。

博克侬还在他的《第五十三号卡利普索[1]》里邀请我们和他一起高唱：

哈，中央公园里
一个昏睡的醉汉，
幽暗森林里
一个猎狮的枪手，
还有一个中国牙医，
还有一个英国女王——
全都在同一台机器里
彼此啮合。
好，很好，非常好；
好，很好，非常好；
好，很好，非常好——
这么多不同的人
却在同一台装置里。

1　卡利普索是20世纪初至中叶发源于特立尼达和多巴哥的非裔加勒比音乐风格。——译者注（本书中注释如无特别说明，均为译者注）

3

愚行

博克侬从不禁止你去探索你所属这个卡拉斯的边界和全能上主想要你的卡拉斯去完成什么功业。博克侬只是淡然指出，这样的探究注定是不完整的。

他在《博克侬之书》的自传部分写了一则寓言，借此讽喻假装发现和理解的愚行。

> 我曾经在罗得岛州的纽波特认识一位圣公会的女士，她请我为她的大丹犬设计并建造狗窝。这位女士声称她完全懂得神和神的行事，她无法理解为什么会有人困惑于既已发生的事情和将要发生的事情。
>
> 然而，当我把我建造狗窝的蓝图拿给她看的时候，她却对我说："对不起，我从来都看不懂这些东西。"
>
> "拿给你的丈夫或你的牧师，请他们转交给上帝。"我说，"等上帝有空了，我相信他一定会找到一个连你都能理解的方法，把我想怎么造狗窝给你解释清楚的。"
>
> 她解雇了我。我永远也不会忘记她。她相信神喜欢驾驶帆船的人，胜过喜欢开摩托艇的人。她没法忍受见到蚯蚓。只要见到蚯蚓，她就会惨叫。
>
> 她是傻瓜，我也是，任何一个人，只要他以为他明白

上帝在干什么，就必定是个傻瓜。

4 卷须的尝试性纠缠

尽管如此那般，但我打算尽可能多地把我的卡拉斯的成员放进这本书，我想调查每一条强有力的线索，搞清楚作为一个集体的我们究竟要在这个地球上干什么。

我不打算把这本书写成博克侬教的宣传小册子。不过，对此我倒是有一句博克侬教徒的格言可以免费奉送。《博克侬之书》开门见山的第一句是：

“我将要向你讲述的一切真相，都是恬不知耻的谎言。”

我这个博克侬教徒则要这么提醒读者：

任何人，假如他无法理解有益的宗教有可能建立在谎言的基础上，那么他也将无法理解这本书。

就这样吧。

好了，来说我的卡拉斯吧。

其中当然有费利克斯·赫尼克博士的三个孩子。赫尼克博士是第一颗原子弹的所谓“父亲们”之一，他本人无疑也在我的卡拉斯里，尽管在我的斯诺卡（人生卷须）开始与他的三个孩子的斯诺卡彼此纠缠之前，他就已经去世了。

在他的后裔里，我的斯诺卡首先触碰到的是牛顿·赫尼克——他的三个孩子里最小的一个，两个儿子里比较小的一个。我参加的兄弟会名叫德尔塔·厄普西隆，我从会刊《德尔塔·厄普西隆季刊》得知，诺贝尔物理学奖得主费利克斯·赫尼克的儿子牛顿·赫尼克宣誓加入[1]了我所属的康奈尔分会。

于是我写信给牛顿。

亲爱的赫尼克先生：

或者我可以称您为亲爱的赫尼克兄弟？

我是康奈尔大学的毕业生，目前以自由写作者的身份谋生。我正在为一本关于第一颗原子弹的书搜集素材。这本书将只写1945年8月6日，也就是原子弹在广岛投下那一天发生的各种事情。

您已故的父亲被公认为这颗炸弹的主要创造者之一，假如您能告诉我原子弹投下那一天在您父亲家中发生的任何逸事，本人将不胜感激。

我很抱歉地说，我对您杰出的家族了解得不多，因此不知道您是否有兄弟姐妹。假如您有，那么我很想知道他们的地址，以便向他们提出相同的请求。

---

1 美国的学生兄弟会入会往往分两个阶段，首先宣誓入会（pledge），然后通过考验正式入会（be initiated）。

我明白原子弹投下的时候您还很小，这样反而更好。我这本书的重点是人，而不是原子弹与技术相关的那一面，因此通过一个“宝贝”（请原谅我的用词）见证的那一天的回忆会完美地契合这个主题。

您不需要担心风格和形式的问题，这些都交给我处理好了，只需要给我一个梗概就行。

本人当然会在此书出版前把终稿寄给您，请您核准。

您永远的兄弟

5 一名医学预科生的来信

牛顿对此的回信：

非常抱歉，耽搁了这么久才给你回信。你正在写的书听上去很有意思。原子弹投下的时候我还太小，因此我恐怕帮不上你的忙。你应该求教的对象是我的哥哥和姐姐。我姐姐是哈里森·C. 康纳斯太太，家住印第安纳州印第安纳波利斯市北梅里第安街4918号。这也是我目前的住址。我认为她会乐于帮助你的。没人知道我哥哥弗兰克的下落。两年前我父亲的葬礼过后，他就消失得无影无踪了，从此再也没人听说过他的音信。对我们来说，他和死了毫无区别。

他们在广岛投下原子弹的时候我只有六岁，因此我对那天的记忆都源于其他人的提示。

我们当时住在纽约州的伊利昂[1]，我记得我在我父亲书房门外的客厅地毯上玩耍。门开着，我能看见我父亲。他身穿睡裤和睡袍，正在抽雪茄。他在玩一个绳圈。父亲那一整天都没去实验室，而是穿着睡衣待在家里。只要他不想上班，就可以待在家里。

你应该知道，我父亲为伊利昂的通用铸造与锻造公司研发实验室工作了几乎一辈子。制造原子弹的曼哈顿计划启动之后，我父亲不愿离开伊利昂去为他们工作。他说除非他们允许他在他选择的地点工作，否则他就不会为这项工程效力。简而言之就是他要在家里待很长时间。除了伊利昂，他只肯去一个地方，也就是我们家在科德角的别墅。他就死在科德角，去世那天是圣诞前夜。你应该也是知道的。

总之，原子弹投下那天，我在他书房门口的地毯上玩耍。我姐姐安吉拉说我会捧着玩具卡车一玩就是几个小时，嘴里发出马达的声音，没完没了地“砰通、砰通、砰通”。所以我猜原子弹投下那天，我还是在“砰通、砰

1　冯内古特杜撰的一个地名，伊利昂（Ilium）本身是罗马人对特洛伊的别称。

通、砰通”；我父亲在书房里玩他的绳圈。

说起来，我碰巧知道他在玩的那根绳子的来历。也许你可以用在你的书里。有个人从监狱里寄了一部小说的手稿给我父亲，这根绳子就是用来捆扎稿子的。小说写的是世界在2000年走到尽头，书的名字就叫《公元2000年》。它讲述疯狂的科学家制造了一颗可怕的炸弹，有能力抹平整个世界。所有人都知道世界即将毁灭之后，他们来了好一场混乱的群交。然后耶稣基督在炸弹爆炸前十秒钟现身。作者名叫马文·夏普·霍尔德内斯，他在附信中说他蹲监狱是因为他杀了自己的亲兄弟。他之所以把手稿寄给我父亲，是因为他想不出该在这颗炸弹里安装什么样的爆炸物。他觉得我父亲也许能给他一个建议。

我并不想告诉你我六岁时就读了这本书。手稿在我们家放了好几年。我哥哥弗兰克把它当作他的个人财产，原因无非是里面的下流片段。弗兰克把它藏在他卧室的所谓“墙内保险箱”里。那其实并不是保险箱，而只是个古老的烟道口，带一个铁皮盖子。弗兰克和我小时候把群交那段读了少说也有一千遍。手稿在我们手上放了几年，后来被我姐姐安吉拉发现了。她读完后说它狗屁不是，只是一堆烂透了的肮脏下流玩意儿。她烧了书稿，连捆扎书稿的绳子都没有放过。她对弗兰克和我来说就像母亲，因为我们的亲生母亲在生我的时候去世了。

我父亲从没读过这本书。对此我非常确定。我觉得他这辈子就没读过任何小说，甚至短篇小说也没读过，反正他从小就什么都不读。他不读他收到的信件，也不读报纸杂志。我猜他大概读了很多技术期刊，但实话实说，我不记得我见过父亲读任何东西。

如我所说，他对那部手稿感兴趣的只有那根绳子。他就是这么一个人。没人能预测到他接下来会对什么产生兴趣。投下原子弹那天，他感兴趣的是那根绳子。

你读过他领取诺贝尔奖时的演讲词吗？演讲词全文如下："女士们、先生们，之所以今天我能站在诸位面前，是因为我一直就像一个八岁孩子在春天早晨去上学的路上那样悠悠荡荡。任何东西都有可能让我停下脚步，盯着它欣赏和琢磨，有时候从中学到点什么。我是个非常快乐的人。谢谢大家。"

总之，我父亲盯着那个绳圈看了一会儿，然后开始用手指玩它。他用手指把绳子绕成一个名叫"猫的摇篮"的花样。我不知道父亲是从哪儿学来的。也许是他的父亲吧。说起来，他父亲是个裁缝，因此我父亲小时候手边肯定到处都是线和绳子。

用绳子翻猫的摇篮，这是我见过父亲最接近于玩世人所称的游戏的时刻了。他对所有的戏法、游戏和其他人制定的规则都不屑一顾。我姐姐安吉拉做的剪贴簿里有一张来自《时代》杂志的剪报，有人问我父亲靠什么游戏来解闷，他回答说："有那么多真实存在的游戏可以参加，我为什么要去玩人为制造的游戏呢？”

他用那根绳子翻出猫的摇篮时，肯定连自己也吃了一惊，也许他因此想到了他的童年。他突然走出书房，做了一件他从没做过的事情。他想和我一起玩。稀奇之处不仅在于他以前从没和我玩过，更是因为他几乎没和我说过话。

然而那天他和我一起跪在地毯上，微笑得露出了牙齿，朝着我挥舞那根自我纠缠的绳子。“看见没？看见没？”他问，“猫的摇篮。见过猫的摇篮吗？看见可爱的小猫在睡觉吗？喵，喵喵喵。”

他的毛孔看上去有月亮上的陨石坑那么大。他的耳朵和鼻孔长满了黑毛。雪茄让他闻上去就像地狱的入口。从这么近的距离看我父亲，他无疑是我见过的最丑陋的东西。我经常梦见当时的景象。

这时他唱了起来。“猫咪在树顶摇啊摇，”他唱道，“小风吹啊吹，猫咪摇啊摇。树枝断了怎么办，猫咪就会掉下来。掉下来啊掉下来，猫咪摔成小猫饼。”

我哭了起来。我跳起来，以最快的速度跑出屋子。

我必须在这儿停笔了。现在已经过了凌晨两点。我的室友刚刚醒来，抱怨打字机吵得他没法睡觉。

6

虫子打架

第二天上午，牛顿继续写信。他接下来这样写道：

第二天上午。睡了八个小时，我精神抖擞得像一朵小雏菊，这就继续往下说吧。兄弟会的宿舍此刻非常安静。所有人都去上课了，只有我除外。我是个有特权的人，已经不需要去上课了。上周我被退学了。我是医学预科生。他们让我滚蛋是正确的，因为我只会变成一个蹩脚的庸医。

等我写完这封信，我大概会去看电影。或者等太阳下山，也许我会去某条峡谷里走一走。峡谷难道不是美不胜收吗？今年有两个姑娘手拉手跳了峡谷。她们想参加的姐妹会不肯要她们。她们想参加的是三德尔塔姐妹会。

还是先说回1945年8月6日吧。我姐姐安吉拉对我说过许多次，那天我看不上猫的摇篮可是深深地伤害了我父亲，我不肯和我父亲一起坐在地毯上，听他唱猫咪从树上掉下来。也许我真的伤害了他，但我不认为我有可能把他伤害得多么深。他是有史以来把自己保护得最好的人类。人们无法叩开他的心灵，因为他对人类根本不感兴趣。我记得有一次，他去世前一年左右，我想让他跟我说说我母亲。但他已经完全不记得她的事情了。

你有没有听说过我父母前往瑞典领取诺贝尔奖那天吃早饭的故事？这个故事上过《星期六晚邮报》。我母亲做了一顿丰盛的早餐，结果收拾桌子的时候，她在我父亲的咖啡杯旁边发现了一个两毛五、一个一毛和三个一分钱的硬币。那是他给她的小费。

在我深深地伤害了我父亲之后——就当我真的这么做了吧——我跑进院子。我不知道我要去哪儿，跑着跑着发现我哥哥弗兰克趴在一大丛绣线菊底下。弗兰克当时十二岁，看见他趴在地上，我一点也不觉得奇怪。天气炎热的时候，他总是在那儿一趴就是大半天。他就像一条狗，在树根周围的凉爽泥土里刨出了一个坑。而你永远也猜不到弗兰克会拿着什么东西趴在树丛底下。有一次是一本黄书。还有一次是一瓶料酒。投下原子弹的那天，弗兰克拿着的是一把勺子和一个梅森瓶。他舀起不同种类的虫子倒进梅森瓶，让虫子们互相争斗。

虫子打架太有意思了，我立刻停止了哭泣，把老头子忘了个一干二净。我不记得那天弗兰克的瓶子里都有什么虫子在打架，但我记得我们后来安排的其他比拼：一只大锹甲对一百只红蚂蚁，一只蜈蚣对三只蜘蛛，红蚂蚁群对黑蚂蚁群。虫子不会无缘无故地打架，你必须不断摇晃瓶子才行。弗兰克正在做的就是这个：摇晃瓶子。

过了一会儿，安吉拉出来找我。她拨开树丛的一角，说：“找到你们了！”她问弗兰克他觉得他在干什么。弗兰克答道："做实验。"人们问弗兰克他觉得他在干什么的时候，他总是这么回答。他每次都会说："做实验。"

安吉拉当时二十二岁。她十六岁的时候，我母亲去世，而我出生，她从此成了全家的老大。她经常说是她养大了三个孩子，一个是我，一个是弗兰克，还有一个是我父亲。她这话说得并不夸张。我记得寒冷的早晨，弗兰克、我父亲和我在门厅里排成一行，安吉拉帮我们穿上暖和的衣服，对我们三个人一视同仁。唯一的区别是我要去幼儿园，弗兰克去上高中，而我父亲去研究原子弹。我记得有那么一个早晨，天气冷得连炉子都灭了，水管结冰，车怎么都发动不了。我们全都坐在车里，安吉拉一次又一次按点火器，直到电池耗尽。然后我父亲开口了。你能猜到他怎么说吗？他说："真不知道乌龟。"安吉拉问他："真不知道乌龟什么？"他说："乌龟把脑袋缩回去的时候，脊椎是折叠还是收缩呢？"

安吉拉是原子弹背后的无名英雄之一，说起来，这个故事似乎还没人说过呢。也许你可以用在书里。乌龟这档子事过后，我父亲对乌龟产生了莫大的兴趣，以至于扔下了原子弹研究。曼哈顿计划的人最后找到家里来，问安吉拉该怎么办。她叫他们拿走我父亲养的乌龟。于是一天夜里，他们溜进他的实验室，连同水族箱一起偷走了乌龟。我父亲一个字也没提过乌龟的神秘失踪。他第二天直接去上班，看有什么东西可以供他玩耍和思考，然而能够供他玩耍和思考的东西都和原子弹有关。

安吉拉把我从树丛底下拖出来，问父亲和我之间发生了什么。我一遍又一遍说他太难看了，我太讨厌他了。于是她扇我耳光。“你怎么能这么说你的父亲？”她说，“他是有史以来最伟大的人！他今天打赢了战争！你难道不明白吗？是他打赢了战争！”她又扇了我一个耳光。

我不怪安吉拉扇我耳光。父亲是她的一切。她没有任何男性朋友。她根本就没有任何朋友。她只有一个爱好，那就是吹单簧管。

我又说我多么讨厌父亲，她又扇了我一个耳光。然后弗兰克从树丛底下钻了出来，一拳打在她肚子上。这一拳打得她很疼。她倒在地上，翻来滚去。等终于缓过劲来，她哭着喊爸爸。

“他不会来的。”弗兰克说，朝着她大笑。弗兰克说得对。父亲从窗口探出脑袋，看见安吉拉和我在地上打滚儿，号啕大哭，而弗兰克站在我们身旁，放声大笑。老头子把脑袋又缩了回去，事后连问都没问我们到底在闹什么。与人相处不是他的强项。

这样可以了吗？对你写书有帮助吗？不过，你只想听投下原子弹那天的事情，等于捆住了我的手脚。关于原子弹和我父亲，还有许许多多其他的逸事，但都发生在其他的日子。举例来说，你知道阿拉莫戈多第一次试爆原子弹那天我父亲的故事吗？原子弹爆炸后，美国确定只用一颗炸弹就能毁灭一个城市之后，一位科学家转向我父亲，说："科学现在认识了罪孽。"你知道我父亲怎么回答吗？他说："罪孽是什么？"

祝一切都好。

牛顿·赫尼克

7 杰出的赫尼克家族

牛顿的这封信有三段"又及"：

又及，我不能在信尾签"你的兄弟"，因为兄弟会不允许我当你的兄弟，理由是我的成绩太差。我只走到宣誓入会的一步，现在他们连这个身份都要剥夺了。

又又及，你用"杰出"形容我们的家族，我认为假如你在书里也这么说，那恐怕就要犯下一个错误了。举例来说，我是侏儒，只有四英尺[1]高。而我哥哥弗兰克，我们最后一次听说他的消息，佛罗里达警察局、联邦调查局和财政部正在通缉他，因为他把偷来的车用战时剩余的坦

1 英制长度单位，1英尺约等于0.3米。——编者注

克登陆舰运往古巴。因此我很确定你应该用的形容词不是“杰出”。“迷人”也许更接近事实。

又又又及，二十四小时后，我重新读了一遍这封信，看得出别人也许会产生某种不好的印象，认为我成天游手好闲，回忆悲伤的往事，自怨自艾。事实上，我这个人非常幸运，我自己也知道。我很快就要和一个漂亮小妞结婚了。这个世界上有足够的爱供所有人分享，你需要的只是抬头看一看。我就是个最好的证据。

8

牛顿和津卡的情缘

牛顿没告诉我他的女朋友是谁。然而他写信给我两周以后，全美国都知道了她叫津卡——就是“津卡”两个字，她似乎没有姓氏。

津卡是个乌克兰侏儒，博尔佐伊舞蹈团的一名舞女。事情是这么发生的，牛顿去康奈尔念书前，在印第安纳波利斯看了一场舞蹈团的演出。后来舞蹈团又来到康奈尔演出。康奈尔的演出结束后，小牛顿守在后台门口，怀抱一打长梗的美国美人玫瑰。

小津卡请求在美国政治避难之后，和小牛顿一起双双失踪，报纸从这儿开始报道他们的故事。

然而仅仅过了一周，小津卡走进俄国大使馆。她说美国佬太物质了，说她想回家。

牛顿在印第安纳波利斯他姐姐家躲风头。他向媒体发表了一个简短的声明。“这是私人事务，”他说，“是心与心的纠葛。我并不后悔。事情与其他人无关，只与津卡和我本人有关。”

莫斯科有一位进取心非凡的美国记者，他在当地的舞蹈圈子里打听津卡的情况，毫不留情地揭露了真相：津卡不像她声称的那样只有二十三岁，而是已经四十二岁了，老得足够当牛顿的母亲。

9

主管火山事务的副总裁

写原子弹投下之日的那本书进展很慢。

大约一年后，离圣诞节还有两天，为了写另一篇报道，我途经纽约州的伊利昂。费利克斯·赫尼克的大部分工作都是在这儿完成的，小牛顿、弗兰克和安吉拉在这儿度过了性格形成期。

我在伊利昂稍作停留，看看我能看见的东西。

伊利昂没有还在世的赫尼克家族成员了，但很多人声称他们很熟悉老人和他那三个奇特的孩子。

我约了阿萨·布里德博士，通用铸造与锻造公司负责研发实验室的副总裁。我猜布里德博士也是我的卡拉斯的一名成员，但他几乎从第一眼就讨厌上了我。

“喜不喜欢和是不是没关系。”博克依说——你很容易忘记他的这个教诲。

“我知道在赫尼克博士的大部分职业生涯中，你一直是他的主管。”我在电话中对布里德博士说。

“纸上的。”他说。

“我不明白。”我说。

“要是我真能管理费利克斯，”他说，“那我现在就可以掌管火山、潮汐、鸟和旅鼠的迁徙了。他就像自然力量，凡人是不可能控制住的。”

10
特工X-9

布里德博士约我第二天一大早见面。他说研发实验室戒备森严，他会在上班的路上来我住的旅馆接我，这样可以简化我进实验室的流程。

于是我需要在伊利昂消磨一个晚上。我住的德尔普拉多酒店本来就是伊利昂夜生活的起点和终点。酒店的酒吧叫科德角吧，是妓女出没的窝点。

说来也巧——换了博克依，他大概会说“就该这么巧”——吧台前坐在我旁边的妓女和为我斟酒的酒保都是弗兰克林[1]·赫尼克的高中同学，也就是那个折磨虫子取乐的家伙，三个孩子里排行老二的大儿子，目前下落不明。

这个妓女自称桑德拉，说她能给我找点乐子，除非去皮加勒广场或塞得港[2]，否则我就不可能享受到那样的欢愉。我说我不感兴趣，她很会看眼色，立刻说她其实也不怎么感兴趣。从结果来说，我们都过高估计了我们的淡漠，但也不算太出格。

不过，在衡量彼此的激情之前，我们先聊了聊弗兰克·赫尼克，还聊了聊他们家的老头子，稍微聊了几句阿萨·布里德，聊了聊通用铸造与锻造公司，又聊了聊教皇和节育，还有希特勒和犹太人。我们聊了聊伪善；我们聊了聊真实。我们聊了聊黑帮；我们聊了聊商业。我们聊了聊上电椅的穷苦好人；我们聊了聊没上电椅的有钱坏蛋。我们聊了聊有变态癖好的宗教徒。我们聊了许许多多的话题。

我们喝醉了。

酒保对桑德拉很好。他喜欢她，尊重她。他告诉我，桑德拉曾经是伊利昂高中班级配色委员会的主席。他向我解释，每个高三班级都必须选择一组特定的颜色，然后自豪地用它们打扮自己。

“你们选了什么颜色？”我问。

“橙色和黑色。”

“很漂亮的搭配。”

1 弗兰克的全称。

2 前者在巴黎，拥有以红磨坊为首的各种声色场所。后者在埃及，是历史悠久的度假胜地。

“我也这么认为。”

“弗兰克林·赫尼克也在班级配色委员会里吗？”

“他什么都不参加，”桑德拉轻蔑地说，“他没进过任何委员会，不参与任何运动，也从不约女孩出去。我觉得他甚至没和女孩说过话。我们都叫他秘密特工X–9。”

“X–9？”

“不明白吗？看他鬼鬼祟祟的样子，就好像总是在从一个秘密地点去另一个的路上。他从不和任何人说话。”

“也许他确实有个什么内容丰富的秘密生活。”我猜测道。

“行了吧。”

“行了吧，”酒保嗤之以鼻，“他啊，就是那种做飞机模型，从早到晚打手枪的小子。”

11
蛋白质

“他本来应该来我们的毕业典礼演讲。”桑德拉说。

“谁？”我问。

“赫尼克博士，他们家的老头子。”

“他讲了些什么？”

“他没来。”

“所以你们的毕业典礼没人致辞？”

“不，有人。布里德博士，你明天就会见到他。他来了，跑得气喘吁吁，算是讲了几句。”

“他讲了些什么？”

“他说他希望我们中能有很多人踏上科学的道路。”她说。她不觉得这话有什么可笑的，而是在回想一场给她留下了深刻印象的演讲。她努力回忆，忠实地重复博士的话：“他说，这个世界的问题在于……”

她不得不停下，搜肠刮肚回想。

“这个世界的问题在于，”她踌躇着继续道，“人们依然迷信，而不相信科学。他说，假如每个人都能多学习一点科学，就不会有那么多问题了。”

“他说有朝一日，科学会发现生命的根本秘密。”酒保插嘴道。他挠挠脑袋，皱起眉头：“我前几天好像在报纸上看见，说科学家终于搞清楚了那是什么？”

“我没注意到。”我喃喃道。

“我看见了，”桑德拉说，“好像是两天前。”

“没错。”酒保说。

“生命的秘密是什么呢？”我问。

“我忘了。”桑德拉说。

“蛋白质，”酒保朗声道，“他们搞清楚了蛋白质的什么什么。”

“对，”桑德拉说，“就是这样。”

12
世间快乐的末日

德尔普拉多酒店的科德角吧，一个年纪更大的酒保走过来，加入我们的交谈。他听说我正在写一本关于投下原子弹那天的书，于是向我描述了那一天他是怎么度过的，还有那一天我们此刻所在的酒吧是个什么样子。他说话带着W. C. 菲尔兹[1]的那种鼻音，鼻子像个偌大的草莓。

“那时候这儿还不叫科德角吧，”他说，“还不像现在这样到处挂着该死的渔网和贝壳。那时候这儿叫纳瓦霍帐篷。墙上挂着印第安毛毯和牛头骨。桌上摆着小手鼓。客人需要服务生了，拍一拍手鼓就行。老板还想叫我戴羽冠，但我不肯。有一天，来了个真正的纳瓦霍印第安人，告诉我纳瓦霍人其实不住帐篷。我对他说：‘真他妈可惜。’再往前它叫庞培吧，摆满了石膏像。然而无论酒吧叫什么名字，老板从不更换该死的灯具。进来喝酒的人和外面那个该死的镇子也永远不会变。赫尼克该死的炸弹在日本投下去的那天，进来了一个流浪汉，想讨一杯酒喝。他求我给他倒一杯，理由是世界要完蛋了。于是我给他调了一杯‘世间快乐的末日’。我往挖空的菠萝里倒了半品脱薄荷酒，然后使劲挤掼奶油，顶上点一颗樱桃。‘拿着吧，你个可怜的龟孙子，’我对他说，‘别说老子亏

1 W. C. 菲尔兹（W. C. Fields，1880—1946），美国著名演员。

待了你。’然后又进来一个人，说他刚从研发实验室辞职，说科学家不管研究什么，到最后无论如何都会变成武器。他说他不想帮政客打他们该死的仗了。他叫布里德。我问他和该死的研发实验室的老大是什么关系。他说关系太他妈大了，说他老爸就是研发实验室的老大。”

13
中转站

哎呀，我的天，伊利昂这个城市太丑陋了。

“哎呀，我的天，”博克依有言，“每个城市都太丑陋了。”

正在下雨夹雪，雾霾却纹丝不动，依然像毯子似的笼罩大地。此刻是清晨。我坐在阿萨·布里德博士的林肯轿车里。我不太舒服，还没完全从昨晚喝的酒里醒过来。布里德博士在开车。废弃多年的电车轨道时而卡住车轮。

布里德是一位脸色红润的长者，精神矍铄，衣着讲究。他彬彬有礼，乐观向上，一看就知道既能干又沉稳。而我刚好相反，浑身是刺，病恹恹的，一肚子怨气。我和桑德拉鬼混了一整夜。

我的灵魂散发着恶臭，就像烧猫皮冒出来的浓烟。

我把每个人都往坏里看，我知道阿萨·布里德博士一些相当龌龊的秘密，都是桑德拉告诉我的。

桑德拉告诉我，伊利昂的每个人都确信布里德博士与费利克斯·赫尼克的老婆有一腿。她说几乎所有人都认为布里德是赫尼克家三个孩子的生父。

“你了解伊利昂吗？”布里德忽然问我。

“这是我第一次来。”

“这是个爱家的镇子。”

“什么？”

“这儿没什么夜生活。差不多每个人的生活都以家和家庭为中心。”

“听上去非常健康。”

“确实如此。我们的青少年犯罪率非常低。”

“很好。”

“说起来，伊利昂有个非常有意思的背景呢。”

“这就非常有意思了。”

“知道吗，它曾经是中转站。”

“什么？”

“西部大移民[1]的中转站。”

“哦。”

“人们曾经在这儿置办行装。”

“非常有意思。”

1　18世纪末，美国东部居民向美国西部地区迁移和进行开发的群众性运动，通常称为西进运动。——编者注

“研发实验室的原址以前是监狱，也是整个镇公开处绞刑的地方。”

“要说犯罪的下场，那还是现如今比较好。”

“1782年这儿吊死了一个人，他害了二十六条人命。我经常觉得应该有人为他写一本书。乔治·米诺·莫凯利。他在绞架上唱了一首歌，这首歌是他专门为上绞架写的。”

“歌里唱了什么？”

“要是真的感兴趣，你去历史协会可以查到歌词。”

“我只是想知道个大意。”

“他没有任何悔恨。”

“有人就是这样的。”

“但你想一想！”布里德博士说，“二十六条人命，压在他的良知上。”

“在想了，我在努力想呢。”我说。

14

假如车上有雕花玻璃花瓶

我病恹恹的脑袋在我僵硬的脖子上来回摆动。电车轨道再次卡住了布里德博士亮闪闪的林肯轿车的轮子。

我问有多少人要赶在八点前走进通用铸造与锻造公司的大门，

他说三万。

每个路口都站着身穿黄色雨披的警察，白手套打出的手势永远和交通信号灯相反。

交通信号灯在雨夹雪之中化作红红绿绿的幽灵，没完没了地重复它们毫无意义的愚蠢闪烁，告诉仿佛冰川的车流该怎么做。绿灯行，红灯停，黄灯闪闪等一等。

布里德博士告诉我，赫尼克博士还年轻的时候，一天早上，他在伊利昂直接弃车而去。

“警察想搞清楚到底是什么阻塞了交通，”他说，“发现费利克斯的车停在路中央，引擎在空转，烟灰缸里有一支还在冒烟的雪茄，花瓶里插着鲜花……”

“花瓶？”

“那是一辆马蒙轿车，足有调度火车头那么大。门柱上有雕花玻璃的小花瓶，费利克斯的妻子每天早上都会把鲜花插在花瓶里。停在路中间的就是这辆车。”

“就像玛丽·西莱斯特号[1]。”我说。

“警察局拖走了车。他们知道那是谁的车，于是打电话给费利克斯，非常有礼貌地告诉他去哪儿领他的车。费利克斯说你们留着吧，他不想要那辆车了。”

“他们就留下了？”

“当然没有。他们打电话给他妻子，她来把车开走了。”

1 著名的鬼船。

“说到他妻子，她叫什么来着？”

“艾米丽。”布里德博士舔舔嘴唇，表情变得恍惚，然后又念了一遍那个去世多年的女人的名字，“艾米丽。”

“假如我把马蒙轿车的故事用在书里，你认为会有人不同意吗？”我问。

“只要你别把结局写进去。”

“结局怎么了？”

“艾米丽不习惯开那么大的车。她在回家路上出了严重的车祸，损伤了她的骨盆……”车流刚好停滞不前，布里德博士闭上眼睛，紧紧握住方向盘。

“所以她才会在生小牛顿的时候去世。”

15

圣诞快乐

通用铸造与锻造公司研发实验室离公司伊利昂工厂的大门不远，与布里德博士停车的高管停车场隔着一个城市街区的距离。

我问布里德博士有多少人在研发实验室工作。“七百，”他说，“但真正做研究工作的还不到一百。另外六百个都是形形色色的管家婆，而我是管家婆里的管家婆。”

我们汇入公司大街上的人类洪流，我们后面的一个女人祝布里德博士圣诞快乐。布里德博士转过头，和善地扫视苍白面孔的海洋，认出与他打招呼的人是弗朗辛·佩夫科小姐。佩夫科小姐芳龄二十，算是好看，但欠缺特色，身体健康，总之就是个无聊的普通人。

为了向圣诞节的美好气氛致敬，布里德博士邀请佩夫科小姐与我们同行。他介绍她是尼尔萨克·霍瓦特的秘书，然后他告诉我霍瓦特是什么人。“著名的表面化学家，”他说，“用这个那个膜做了很多了不起的事情。”

“表面化学有什么新闻吗？”我问佩夫科小姐。

“上帝啊，”她说，“你别问我。我只负责把他说的话用打字机打出来。”然后她向我道歉，因为她呼唤了一声“上帝”。

“嗯，我认为你知道的比你表现出来的多。”布里德博士说。

“您不是说我吧？”佩夫科小姐一脸尴尬，她不习惯和布里德博士这样的重要人物聊天。她的步伐受到了影响，变得僵硬，就像小鸡在走路。她挤出假笑，在脑海里寻找能说的话，却发现那儿只有用过的纸巾和人造的首饰。

“好的……”布里德博士用低沉的嗓音拖着长腔说，“你来我们这儿已经——多久了？差不多一年了？你觉得我们怎么样？”

“你们科学家总是想得太多。”佩夫科小姐脱口而出。她呵呵傻笑。布里德博士的友善烧坏了她神经系统里的每一根保险丝。她管不住自己的嘴巴了：“你们全都想得太多了。”

一个胖女人气喘吁吁地走在我们身旁，她垂头丧气，身穿肮脏的工作服，步履蹒跚，听见了佩夫科小姐的话。她扭头打量布里德博士，用绝望的斥责目光望着他。她厌恶想得太多的人。在这一刻，我认为她适当地代表了全人类的共同看法。

胖女人的表情像是在说，要是谁敢再思考一下，她就当场发疯给你看。

“依我看，”布里德博士说，“每个人思考的总量是一样的。科学家只是用他们的特定方式思考，而其他人用其他的方式思考。”

“呸，”佩夫科小姐冷然啐道，“我照霍瓦特博士说的打字，那根本就是天书。就算我上过大学，我也不觉得我听得懂。而他说的内容说不定就像原子弹，能从上到下、从里到外颠覆一切。”

“以前我放学回到家，我母亲会问我这一天都发生了什么。”佩夫科小姐说，“现在我下班回到家，她会问我相同的问题，而我只能回答——”佩夫科小姐摇摇头，两瓣松弛的红唇跟着甩动，“——不知道，不知道，我不知道。”

“要是你有什么不懂的，”布里德博士劝慰道，“就请霍瓦特博士解释给你听好了。他非常擅长解释。”他转向我：“赫尼克博士说过，要是一个科学家没法解释得让一个八岁孩子听懂他在干什么，那他就肯定是个江湖骗子。”

“那我就比八岁孩子还笨了，”佩夫科小姐哀叹道，“我连江湖骗子是什么都不知道。”

16
回到幼儿园

我们爬上研发实验室门前的四级大理石台阶。实验室大楼有六层高，由普普通通的砖块砌成。门口站着两个荷枪实弹的警卫，我们从他们之间穿过。

佩夫科小姐向左手边的警卫出示别在左侧胸口上的粉红色保密徽章。

布里德博士向右手边的警卫出示别在软翻领上的黑色绝密徽章。布里德博士仪式性地用一条胳膊搂着我，但没有真的碰到我，以此告诉警卫我在他尊贵的保护与控制之下。

我朝一名警卫笑笑。他没有朝我笑。国家安全可不是开玩笑的事情，绝对不是。

布里德博士、佩夫科小姐和我各怀心思，穿过实验室宏伟的门厅，走向一排电梯。

“请霍瓦特博士抽个时间给你解释点什么，”布里德博士对佩夫科小姐说，“看他能不能给你一个清楚又好懂的答案。”

“那他必须用一年级的知识解释才行，甚至幼儿园，”她说，“我缺了很多教育。”

“咱们都缺，”布里德博士附和道，“咱们最好都从头重新接受教育，从幼儿园开始就更好了。”

门厅的墙上陈列着许多供教学使用的展品，我们望着实验室的接待员一一打开电源。接待员是个高高瘦瘦的姑娘，冷冰冰的，脸色苍白。她干净利落地拨动开关，彩灯开始闪烁，齿轮开始转动，烧瓶开始冒泡，电铃开始敲响。

“魔法。”佩夫科小姐感叹道。

“听见实验室大家庭的一员说出这个中世纪的可憎词语，我真是太伤心了，”布里德博士说，“这些展品的每一件都解释了自己在干什么，设计它们就是为了打破迷信。它们完全就是魔法的对立面。”

“魔法的什么？”

“魔法的反面。”

“你没法向我证明。”

布里德博士只是有点恼怒。“好吧，”他说，“我们不想制造迷信。你至少该为这个夸我们一声。”

17

姑娘池

布里德博士的秘书站在外间办公桌的写字台上，正在往天花板的灯具上绑百褶的圣诞纸铃铛。

“当心啊，内奥米，”布里德博士叫道，“我们六个月没出过伤亡事故了！你要是掉下来就会毁了我们的纪录！”

内奥米·浮士德小姐是个欢快的干瘪小老太。我猜她大概伺候了他一辈子——也是她的一辈子。她大笑道："我是摔不坏的。再说了，就算我掉下来，圣诞天使也会接住我。"

"他们可是出了名的会失手。"

两条同样是百褶的纸穗从铃舌垂下来。浮士德小姐拉开其中的一条。它不情不愿地展开，变成了长长的彩带，上面写着几个字。"拿着，"浮士德小姐说，把另一头递给布里德博士，"一直拉到底，把那头钉在公告牌上。"

布里德博士照她说的做，然后退开，读彩带上的文字。"愿世界和平！"他饱含热情地朗读。

浮士德小姐抓着另一条纸穗爬下写字台，同样拉开。这条彩带上写着："喜悦归于人！"

"我的天，"布里德博士哧哧笑道，"圣诞节如今也有脱水版了！现在有节日气氛，很有节日气氛了。"

"我也没忘记给姑娘池买巧克力，"她说，"就说你为不为我感到骄傲吧？"

布里德博士扶额叹息，因为自己的健忘而沮丧："谢天谢地！我真的忘记了。"

"忘什么都不能忘这个。"浮士德小姐说。"如今这是个传统了：布里德博士在圣诞节送巧克力给姑娘池。"她向我解释，姑娘池其实是打字班，在实验室的地下室工作，"无论是谁，只要能拨通录音电话热线，姑娘们就会为你服务。"

她说，姑娘们全年无休，听着电话热线的录音，把不知长相的科学家的声音变成文字，而录音是邮递姑娘们送下去的。姑娘们每年一次走出逼仄的水泥牢房，唱圣歌，从阿萨·布里德博士手中领取巧克力。

“尽管她们对科学也许一窍不通，”布里德博士做她的见证，“但她们也在为科学服务。上帝保佑她们每一个人！”

18

世界上最有价值的商品

我们走进布里德博士的内间办公室，我整理思绪，希望这次访问能谈得足够深入。但我发现我的精神面貌没有任何改善。等我开始向布里德博士询问投下原子弹那天发生的事情时，我发现烈酒和烧焦的猫皮捂死了我大脑的公共关系中枢。无论我问什么，似乎都在暗示原子弹的创造者是有史以来最下流的集体屠杀的帮凶。

布里德博士先是大惊失色，继而恼怒起来。他从我面前撤开，嘟囔道：“看来你不太喜欢科学家。”

“我可不会这么说，先生。”

“你所有的问题似乎都在逼着我承认科学家铁石心肠，没有良知，目光短浅，要么毫不关心全人类的命运，要么就根本不能算是人类的成员。”

“你这话就说得太重了。”

“但显然不会比你打算写在书里的话更重。我以为你想公正而客观地写一写费利克斯·赫尼克的生平，对这个时代的一名年轻作家来说，这无疑是你能让自己承担的最有意义的一项使命了。但你并不想，而是带着对疯狂科学家的成见来的。你的这些念头到底是从哪儿来的呢，是无聊的小报吗？”

“其中一个来源是赫尼克博士的儿子。”

“哪个儿子？”

“牛顿。”我说。我带着小牛顿写给我的信，我拿出来给他看：“说起来，牛顿到底有多小？”

“不比伞架高。”布里德博士说，读着牛顿的信，皱起了眉头。

“另外两个孩子的身高正常吗？”

“当然了！我不想让你失望，但科学家的孩子和其他人的孩子没有任何区别。”

我尽量安抚布里德博士，说服他相信我真的想准确地描绘赫尼克博士这个人：“我来找你只有一个目的，那就是忠实记录你向我讲述的有关赫尼克博士的一切。牛顿的信只是个引子，我会用你告诉我的事情来平衡它。”

“我受够了人们误解科学家的本质和科学家的作为。”

“我会尽我所能地消除误解。”

“在这个国家，大多数人甚至不明白什么是纯粹的科研。”

“要是你愿意和我说一说，我会不胜感激的。”

“老天在上，纯粹的科研不是寻找更有效的香烟过滤嘴、更柔软的纸巾或更耐久的家用涂料。这个国家人人都在说科研，但几乎没人在做科研。真的出钱雇人做纯科学研究的公司屈指可数，我们就是其中之一。其他公司吹嘘他们如何重视科研的时候，说的无非是拿钱办事的工业技术员，他们身穿白大褂，捧着教科书干活儿，梦想让明年的新款奥兹莫比尔装上他们改良的雨刷。”

“但这儿……？”

“这儿，还有美国少得可怜的另外几个地方，花钱雇人是为了增长知识，除此之外没有任何其他目的。”

“通用铸造与锻造公司真是太慷慨了。”

“和慷慨没关系。新知识是世界上最有价值的商品。我们掌握的真理越多，就会越富有。”

假如我当时已经是博克侬教徒了，他的这句话保准能让我号叫起来。

19

再也没有烂泥了

“你的意思是，”我问布里德博士，“实验室里没有人是接受命令做研究的？甚至没人建议他们去研究什么？”

“当然经常有人提出建议，然而搞纯科学研究的人，天生就不会在乎别人的建议。他们的脑袋里只有自己的课题，而我们希望的正是这样。”

“就没人尝试过建议赫尼克博士研究什么课题吗？”

“当然有了。尤其是海陆空三军的将领。在他们眼中，他是个魔法师，挥挥手就能让美国变得不可战胜。他们把形形色色的疯狂计划送到这儿来，现在也还是这样。这些计划只有一个缺陷，那就是凭借我们目前的知识水平，还无法把它们变成现实。赫尼克博士这种级别的科学家的任务就是填补这样的小小空白。我记得费利克斯去世前不久，有个海军陆战队的将军来找他，请他对烂泥做点什么。”

“烂泥？”

“海军陆战队在烂泥里蹚了快两百年了，已经受够了这玩意儿，”布里德博士说，“身为他们的发言人，将军认为既然时代进步了，那么海军陆战队也不该继续在烂泥里打仗了。”

“将军有什么想法？”

“消灭烂泥。不再存在烂泥。”

“我猜，”我推测道，“要是有堆积成山的什么化学品，或者千百万吨的什么机器……”

“将军想要的是一粒小药片或一台小机器。海军陆战队不但受够了烂泥，也受够了携带笨重的物品。这次他们想要一个方便携带的小工具。”

“赫尼克博士怎么说？”

“费利克斯用他开玩笑的口吻——他无论怎么说话都像是在开玩笑——说也许可以扔下一粒什么东西，甚至是显微镜下才能看见的一粒，就能把一望无际的粪堆、沼泽、湿地、江河、湖海、流沙和泥淖变得和这张写字台一样结实。”

布里德博士用他长满老人斑的拳头砸写字台。写字台呈肾脏的形状，是个海绿色的精钢玩意儿。“一名海军陆战队队员携带的那东西能把一个陷在佛罗里达大沼泽里的装甲师救出来。按照费利克斯的说法，一名海军陆战队队员只需要在小拇指的指甲底下藏一丁点儿，就足够完成这个任务了。”

“这不可能。”

“你可以这么说，我可以这么说，人人都可以这么说。然而对费利克斯来说，他开玩笑似的随便研究一下，就是完全有可能的了。费利克斯的奇迹之处——我真诚地希望你能把这句话放进你的书里——在于他永远能从全新的角度去解决古老的难题。”

“我现在的感觉就像是弗朗辛·佩夫科，”我说，“还有姑娘池里的所有姑娘。赫尼克博士不可能解释得让我明白，该怎么用能藏在指甲缝里的东西把一整片沼泽变得和你的写字台一样硬。”

“我说过了，费利克斯非常擅长解释……”

“即便如此……”

“既然他能解释得让我明白，”布里德博士说，“那我确定我也能解释得让你明白。难题是该怎么让海军陆战队摆脱烂泥，对吧？”

“对。”

“那好，”布里德博士说，“你听仔细了。是这样的。”

20 九号冰

布里德博士对我说：“一种液体可以有多种结晶方式，或者说凝结也行，液体的原子能够以多种方式堆叠和互相锁定，形成有序的固体。”

老人挥动他长着老人斑的双手，请我想象炮弹如何以多种方式堆垒在政府大院的草坪上，橙子如何以多种方式被装在板条箱里。

“晶体里的原子也一样，同一种物质的两种晶体有可能呈现出截然不同的物理性质。”

他告诉我有一家工厂制备酒石酸乙二胺的大块晶体。这种晶体用于一些特定的生产活动，但有一天，工厂突然发现它制备的晶体不再具有他们想要的性质了。原子忽然以另一种方式堆叠和互锁，也就是凝结。结晶的液体本身没有任何改变，然而从工业应用的角度来说，形成的晶体完全变成了垃圾。

事情的发生机制是个谜。不过，理论上的罪魁祸首是布里德博士称之为“冰种”的东西。他指的是一小粒结晶体，其结晶方式刚好是你不想要的那一种。这粒冰种天晓得从哪儿冒出来，教原子以一种全新的方式堆叠和互锁，也就是结晶或凝结。

“再想一想政府大院草坪上的炮弹和板条箱里的橙子。”他提示道，然后帮我理解最底下一层炮弹和橙子如何决定上面每一层的炮弹和橙子如何堆叠和互锁，“最底下一层就是种子，告诉接下来的每一个炮弹或橙子该去哪儿，以此类推，乃至于无穷多的炮弹和橙子。”

“现在想象一下，”布里德博士愉快地笑着说，他显然乐在其中，“水有许多种结晶或凝结方式。想象一下，我们滑冰的冰面、威士忌里的冰球——就叫它一号冰好了——只是几种冰之中的一种。想象一下，地球上的水之所以永远凝结成一号冰，是因为没有其他的种子教它如何形成二号冰、三号冰、四号冰……？再想象一下，”他再次用他衰老的拳头敲桌子，“存在一个形态，咱们不妨叫它九号冰，这个结晶体硬得和写字台一样，而融点是，呃，比方说，一百华氏度[1]，不，再高一些好了，融点是一百三十华氏度。”

“好的，我还能听懂。”我说。

外间办公室传来了交谈声，既响亮又傲慢。那是姑娘池的声音。

姑娘们准备在外间办公室唱圣歌了。

她们开始唱的时候，布里德博士和我出现在门口。外面有一百来个姑娘，她们戴上了用白色卡纸做的假领子，用曲别针固定住，把自己打扮成唱诗班的女歌手。她们的歌声非常美妙。

我吃了一惊，同时陷入伤感的情绪。年轻女人唱歌时流露出的甜蜜与可爱是一种极少被使用的财宝，每次听见都会让我感动。

姑娘们唱的是《美哉小城伯利恒》。我恐怕不会很快忘记她们对其中一句的演绎：

“万世希望，众生忧喜，今宵集中于你我。”

---

1 100华氏度约37.7摄氏度。

21

海军陆战队勇往直前

老布里德博士在浮士德小姐的帮助下分发圣诞巧克力，之后我们回到他的办公室。

坐下后，他对我说："说到哪儿来着？哦，对！"然后老人要我想象美国海军陆战队陷在某个鸟不拉屎的沼泽里。

"他们的卡车、坦克和榴弹炮车在下沉，"他哀叹道，"陷在了臭气熏天的沼气和稀泥里。"

他举起一根手指，朝我使个眼色，道："但想象一下，年轻人，有个海军陆战队队员带着一颗小小的胶囊，里面是一粒九号冰的冰种，能教水原子以一种全新的方式堆叠和互锁，也就是凝结。假如这个海军陆战队队员把这粒冰种扔进了他身边的水坑……？"

"这个水坑会结冰？"我猜测道。

"水坑周围的烂泥呢？"

"也会结冰？"

"结冰的烂泥周围的水坑呢？"

"也会结冰？"

"结冰的烂泥里的水塘和溪流呢？"

"也会结冰？"

"当然会了！"他叫道，"而美国海军陆战队会从沼泽中一跃而起，勇往直前！"

22

黄色小报的记者

“这种东西存在吗？”我问。

“不，不，当然不了，”布里德博士再次对我失去了耐心，说道，“我告诉你这些，只是为了让你理解费利克斯会如何用别出心裁的新方式去解决老问题。我刚刚跟你说的正是他对找他帮忙解决烂泥问题的将军说的话。

“费利克斯每天一个人在这儿的食堂吃饭。我们有个规矩，禁止任何人和他坐同一张桌子，以免干扰他的思路。但海军陆战队的那个将军大摇大摆闯进来，拉开一把椅子，然后开始说烂泥。我刚刚告诉你的是费利克斯当场想到的点子。”

“所以……所以那东西并不真的存在，对吧？”

“我说过了，不存在！”布里德博士气愤地叫道，“那之后没多久，费利克斯就去世了。另外，要是你仔细听了我说的纯粹科研人的做事方式，就不会问我这么愚蠢的问题了！纯粹的科研人研究他们感兴趣的课题，而不是别人感兴趣的。”

“我还在想那片沼泽……”

“你就别想了，行不行？我已经说完了我想用沼泽举的例子。”

“既然流经沼泽的溪流凝结成了九号冰，那么溪流所汇入的河湖呢？”

“会结冰。但九号冰这种东西并不存在。”

“那结冰的河湖汇入的海洋呢？”

“当然也会结冰了，”他怒喝道，“我看你这就要拿着九号冰的骇人故事冲向市场了。我再说一遍，这东西不存在！”

“那流进结冰河湖的泉水呢？汇集成泉水的地下水呢？”

“会结冰，真该死！”他吼道。“要是我早知道你是黄色小报的记者，”他站起身，庄重地说，“就连一分钟都不会浪费在你身上！”

“那雨水呢？”

“下雨的时候，雨滴会凝结成九号冰，变成硬邦邦的小钉子——到时候世界就完蛋了！这次访问也结束了！再见！”

23 最后一炉布朗尼

布里德博士至少弄错了一件事：九号冰真的存在。

而且就在我们这个地球上。

九号冰是费利克斯·赫尼克在前去领取他应得的奖赏前，为全人类创造的最后一件礼物。

没有人知道他创造了九号冰，他也没有留下任何记录。

造物确实需要精密复杂的设备，但这些东西在研发实验室比比皆是。赫尼克博士只需要去拜访实验室里的邻居，借点这个，借点那个，就像一个惹人厌烦的邻家傻大姐，直到——打个比方说——烤好他的最后一炉布朗尼。

他制造出了一小片九号冰。它呈蓝白色，融点高达一百一十四点四华氏度。

费利克斯·赫尼克把这一小片九号冰装进一个小瓶子，把这个小瓶子揣进口袋，然后带着三个孩子去了科德角的别墅，打算在那儿过圣诞节。

安吉拉那年三十四岁，弗兰克二十四，小牛顿十八。

老头子在圣诞前夜去世，只把九号冰的秘密告诉了他的孩子们。

他的孩子们瓜分了那片九号冰。

24

什么是万彼得

说到这儿，我就要解释一下博克依教所谓“万彼得”的概念了。

万彼得是卡拉斯的枢纽。博克依教导我们，没有万彼得就不可能有卡拉斯，正如没有轮轴就不可能有轮子。

任何东西都有可能成为万彼得，无论是一棵树、一块石头、一只动物、一个点子、一本书、一段旋律还是圣杯。无论万彼得是什么，这个卡拉斯的成员都会围绕它转动，那壮丽而混乱的态势就仿佛螺旋星云。卡拉斯成员围绕其共同万彼得转动的轨迹自然是灵性的轨迹。在转动的不是肉身，而是灵魂。正如博克依请我们齐声高唱的：

> 我们一圈一圈没完没了地转动，
> 带着灌铅的双脚和铁皮的翅膀……

博克依还教导我们，万彼得有来也有去。

对于一个卡拉斯，在任何一个特定的时刻，事实上都存在两个万彼得，一个的重要性在逐渐增强，另一个在逐渐减弱。

我几乎可以肯定，我和布里德博士在伊利昂交谈的时候，我的卡拉斯里日趋兴盛的万彼得正是那种水的结晶体，一颗蓝白色的小宝石，名叫九号冰的末日种子。

我深深相信，那三小片九号冰的下落将是我的卡拉斯最关注的问题。

25
赫尼克博士最重要的事情

好了，关于我的卡拉斯的万彼得，就先说到这儿吧。

与通用铸造与锻造公司研发实验室的布里德博士的见面不欢而散之后，我落在了浮士德小姐的手中。她得到的命令是送我出去。

不过，我说服了她先领我去看看赫尼克博士生前的实验室。

我在路上问她对赫尼克博士的了解程度。她的回答坦率而有趣，顺便附送我一个狡黠的笑容。

“我不认为你有可能了解他。我是说，人们说了解一个人的多少时，指的是听说或没听说过与这个人有关的秘密，指的是他私人的事情、家里的事情和情爱的事情。”和蔼的老太太对我说，“赫尼克博士的生活中当然也有这些事情，每一个活着的人都必然有，但对他来说，这不是最重要的事情。”

“那他最重要的事情是什么？”我问。

“布里德博士总是说，对赫尼克博士来说，最重要的事情是真理。”

“你似乎不同意。”

“我不知道我该不该同意。我只是不理解一个人怎么可能只满足于真理本身。”

浮士德小姐，你已经有皈依博克侬教的资格了。

26

神是什么

“你和赫尼克博士交谈过吗？”我问浮士德小姐。

“哦，当然了。我经常和他聊天。”

“有没有哪次交谈是你一直忘不掉的？”

“有一次他和我打赌，说我不可能说出一件绝对正确的事情。于是我对他说：‘神就是爱。’”

“他怎么回答？”

“他说：‘神是什么？爱是什么？’”

“嗯。”

“但神真的就是爱，你该知道的，”浮士德小姐说，“无论赫尼克博士怎么说。”

27
来自火星的男人

费利克斯·赫尼克生前使用的实验室在六楼，也就是建筑物最高的一层。

门口拉着一根紫色绳子，墙上的铜牌告诉你为什么这个房间是圣地：

诺贝尔物理学奖得主费利克斯·赫尼克博士
在这个房间里度过了他人生的最后二十八年。
“他所在之处，就是人类知识的最前沿。”
这个人在人类历史上的重要性是无法衡量的。

浮士德小姐问我要不要解开紫色绳子，让我进去和房间里或许有的鬼魂亲近一下。

我说当然好。

“完全就是他离开时的样子，”她说，“除了以前有个试验台上全都是橡皮筋。”

“橡皮筋？”

“别问我那是干什么用的。别问我任何东西是干什么用的。”

老头子留下的实验室凌乱不堪。廉价玩具随处可见，数量之多立刻吸引了我的注意：有个断了龙骨的纸风筝；有个缠好了绳子的玩具陀螺，一拽就能呜呜转动，自己维持平衡；有个用鞭子抽的陀螺；有个吹泡泡的管子；有个金鱼缸，里面有个小城堡和两只乌龟。

“他喜欢逛一毛店。”浮士德小姐说。

“看得出来。”

“他最著名的一些实验就是用不到一块钱的仪器做的。”

“省一分就是赚一分。”

实验室里当然也有大量传统设备，然而与颜色艳丽的廉价玩具相比，它们似乎既笨重又多余。

赫尼克博士的办公桌上堆满了信件。

“我觉得他从没回过任何一封信，”浮士德小姐沉思道，“你想得到答复，就必须叫他听电话或者直接来找他。”

他的办公桌上有个相框，背对着我。我不由猜测那是谁的照片：“他妻子？”

“不对。”

“他的一个孩子？”

“不对。”

“他本人？”

“不对。”

于是我拿起来看了看，发现照片上是个小而简朴的战争纪念碑，立在某个小镇的镇公所门前。纪念碑有一部分是个牌子，上面刻着在各次战争中捐躯的镇民的名字，我以为牌子肯定是照片放在办公桌上的原因。我能看清那些名字，我猜应该能在里面找到赫尼克这个姓氏，但我错了。

“这是他的一个爱好。”浮士德小姐说。

“什么爱好？”

“拍摄炮弹在政府大院草坪上堆码的方式。这张照片里的堆码方式显然很不寻常。”

“我明白了。”

“他是个不寻常的男人。”

“同意。”

“也许再过一百万年，人人都能像他在世的时候那么聪明，能以他的方式看待事物。可惜与现如今的普通人相比，他就像火星人一样与众不同。”

“也许他真的是从火星来的。”我说。

“倒是能从很大程度上解释他的三个孩子为什么那么古怪。”

28

美乃滋[1]

我和浮士德小姐等电梯送我们去底楼，浮士德小姐说她希望来的电梯别是五号。然而我还没来得及问她有什么合乎情理的缘由，五号电梯就到了。

电梯操作员是个矮小的老黑人，叫莱曼·恩德斯·诺尔斯。我几乎可以肯定，诺尔斯的精神不正常，而且严重到了冒犯人的地步。因为每当他觉得自己说到了点子上，就会抓着自己的屁股大叫："对，对！"

"你们好，类人猿同胞、睡莲叶子和汽船桨轮，"他对浮士德小姐和我说，"对，对！"

"一楼，谢谢。"浮士德小姐冷冷地说。

诺尔斯要做的事情很简单，无非是关上门，然后按一个按钮让电梯去一楼，但他还没有要这么做的意思。他也许要等好几年才会这么做。

"有人告诉我，"他说，"这儿的电梯全都是玛雅建筑物，而我直到今天才知道。我回答他：'所以我是什么呢？美乃滋[2]？'对，对！他还在琢磨我说了什么呢，我扔给他一个问题，他一下子

1　即蛋黄酱。——编者注

2　美乃滋音似法语里的玛雅人。

愣住了，用了两倍的心思去琢磨！对，对！”

“咱们能下去了吗，诺尔斯先生？”浮士德小姐恳求道。

“我对他说，”诺尔斯说，“‘这儿是研发[1]实验室。研发的意思就是找了又找，对吧？所以他们找的是他们曾经找到过但又弄丢了的东西，所以现在必须要找了又找，对吧？你告诉我，他们为什么要修这么一座建筑物，电梯里是美乃滋，楼里的人一个比一个疯？他们找了又找的到底是什么？到底是谁弄丢的？’对，对！”

“非常有意思，”浮士德小姐叹息道，“好了，咱们能下去了吗？”

“咱们只能去一个方向，那就是下，”诺尔斯吼道，“这儿是顶层。要是你叫我往上走，那我可就帮不了你了。对，对！”

“那咱们就下去吧。”浮士德小姐说。

“很快，玛莎。这位先生是来悼念赫尼克博士的吗？”

“对，”我说，“你认识他吗？”

“熟得很。”他说，“知道他死的时候我怎么说吗？”

“不知道。”

“我说：‘赫尼克博士啊，他没死。’”

“嗯？”

“只是进入了一个新的维度。对，对！”

他猛敲一个按钮，电梯开始下降。

1 研发research的字面意思是反复探寻。

“你认识赫尼克的孩子们吗？”我问他。

“孩子满身虱子，”他说，“对，对！”

29 永垂不朽

我在伊利昂还有一件事要做。我想去老头子的坟墓拍张照片。于是我回到酒店的客房，发现桑德拉已经走了，我拿上照相机，叫了辆出租车。

雨夹雪还在下，味道是酸的，颜色是灰的。我觉得老头子的墓碑在雨夹雪之中应该很上相，说不定非常适合放在《世界终结之日》的护封上。

墓地的守门人告诉我该怎么找赫尼克的葬身之处。“不可能看错的，”他说，“这儿最大的墓碑就数他的了。”

他没有撒谎。墓碑是个雪花石膏的阳具，高达二十英尺，直径三英尺。雪和冰糊满了墓碑。

“我的上帝啊，”我惊呼道，拿着相机下车，“给原子弹之父立这么一个纪念碑，合适吗？”我放声大笑。

我问司机愿不愿意站在墓碑旁边，为照片增加一些尺度感。然后我请他擦掉盖住逝者名字的冰雪。

他照我说的做。

石柱上刻着几个六英寸高的字母，老天在上，它们拼成一个词：

母亲

30 只是在睡觉

“母亲。”司机不敢相信他的眼睛。

我擦掉更多的冰雪，露出一首小诗：

母亲，母亲，我衷心祈祷，
盼望你每天护佑我们。
——安吉拉·赫尼克

这首小诗底下还有一首小诗：

你没有死去，
只是在睡觉。
我们该微笑，
并停止哀哭。
——弗兰克林·赫尼克

第二首小诗底下，石柱上嵌着一方水泥，上面印着一个婴儿的掌印。掌印底下有四个字：

婴儿牛顿

“既然这是母亲，”司机说，“他们会给父亲立个什么鬼东西呢？”他就应该立个什么样的墓碑做了个下流的猜测。

我们在旁边找到了父亲。他的墓碑——后来我得知，这是在遗嘱中规定的——是个边长四十厘米的大理石立方体。

上面刻着：

父亲

31 另一个布里德

离开墓地的时候，出租车司机想到要去看看他母亲坟墓的情况。他问我介不介意稍微耽搁一下。

他母亲的墓碑是一块可怜巴巴的小石头，不过这也没什么好奇怪的。

司机又问我介不介意再兜个小圈子，这次是去墓地街对面的墓碑销售中心。

当时我还不是博克侬教徒，因此我不太情愿地答应了。假如我是博克侬教徒，我当然会欣然去任何人提议的任何一个地方。博克侬有言道：“稀奇古怪的行程建议就是神的舞蹈课。”

墓碑店名叫阿夫拉姆·布里德父子公司。司机在和销售人员交谈，我在墓碑之间漫步。这些墓碑都是空白的，目前没有用来缅怀任何人。

我在展示厅里见到了一个庸俗的逗趣玩意儿：一个石雕天使，头顶上方挂着槲寄生，底座上堆着雪松树枝，圣诞树彩灯像项链似的套在她的大理石脖子上。

“她卖多少钱？”我问销售人员。

“非卖品。她有一百岁了。是我曾祖父阿夫拉姆·布里德亲手雕刻的。”

“这家店的历史这么悠久？”

“没错。”

“所以你也是布里德家的人？”

“这儿的第四代了。”

“研发实验室主任阿萨·布里德博士和你是亲戚吗？”

“我是他弟弟。”他说他叫马文·布里德。

“世界真小啊。”我不禁感叹。

“放在一片墓地里就更加小了。”马文·布里德，圆滑而粗俗，精明但容易动感情。

32

炸药挣的钱

“我刚从你哥哥的办公室来。我是个作家。我访问他是想了解赫尼克博士的情况。”我对马文·布里德说。

“那是个古怪的狗崽子——我说的不是我哥哥，而是赫尼克。”

“他妻子的墓碑是你卖给他的吗？”

“是他的孩子们买的。他和那玩意儿没关系。他根本没想到要在她的坟墓上立任何形式的碑。她去世一年多以后，赫尼克的三个孩子来找我：高高大大的那个女儿，带着他儿子和小婴儿。他们想要一块用钱能买到的最大的墓碑，两个比较大的孩子带来了他们写的诗，要我把诗刻在石头上。

“你要嘲笑那块墓碑就尽管嘲笑好了，”马文·布里德说，“但它给孩子们带来的安慰超过了钱能买到的其他任何东西。以前他们一年不知道要来看多少次，献花给母亲。”

“肯定花了很多钱吧？”

“花的是诺贝尔奖的奖金。那笔钱买了两样东西：科德角的一座小别墅，还有那块墓碑。”

“炸药挣的钱。”我感慨道，想到了炸药的暴虐和墓碑与避暑别墅的静谧。

“什么？”

“诺贝尔发明了炸药。”

“嗯，我猜世上有各种各样的……”

假如我当时已经信了博克侬教，在思考炸药挣的钱如何通过错综得不可思议的因果链条流入这家墓碑店时，我很可能会低声说：“转啊转啊转个不停。”

我们博克侬教徒想到生活这台大机器是多么复杂和不可预测时，就会低声说“转啊转啊转个不停”。

可惜当时我还是基督徒，因此只能说：“生活有时候真的很有意思。”

“而有时候则不。”马文·布里德说。

33
一个不知感恩的人

我问马文·布里德认不认识艾米丽，费利克斯·赫尼克的妻子，安吉拉、弗兰克和牛顿的母亲，埋骨于那怪诞石柱之下的女人。

“认识？”他的音调变得悲戚，“你问我认不认识她，先生？我当然认识她了。我认识艾米丽。我们是伊利昂高中的同学。我们共同担任班级配色委员会的主席。她父亲是伊利昂音乐商店的老板。她会演奏店里所有的乐器。我不可救药地爱上了她，甚至放弃了橄榄球，试着学习小提琴。然后我哥哥阿萨从麻省理工回来度春假，我犯了大错误，介绍他认识我最喜欢的姑娘。”马文·布里德打个响指，接着说道：“他从我身边夺走了她，就这么快。我抓起我那把七十五块钱的小提琴，砸烂在我床尾的黄铜圆球上，然后去花店买了个装一打玫瑰的那种盒子，把砸烂的小提琴放在里面，通过西联的快递员送给她。”

“她很漂亮，对吧？”

“漂亮？”他重复道，“先生，要是上帝有朝一日开恩，肯让我认识一下我的天使女郎，会让我惊讶得合不拢嘴的只可能是她的翅膀，而不是她的脸蛋，因为我已经见过了天地间最美丽的脸蛋。伊利昂县没有哪个男人没有爱上她，区别只在于有人公开，有人不公开。她能得到她想要的任何一个男人。”他朝自己店里的地板啐了一口。“而她却跑去嫁给了那个德国狗崽子！她已经和我哥哥订婚了，然后那个鬼鬼祟祟的小杂种来了镇上。”马文·布里德打个响指，“他从我哥哥怀里抢走了她，就这么快。费利克斯·赫尼克这么一个已经去世的名人，骂他是杂种也许算是叛国、反智、不知好歹和愚昧无知。我知道人们把他形容得多么与世无争、温文尔雅和热爱梦想，说他连一只苍蝇都没伤害过，他不在乎金钱、权力、漂亮衣服、高级轿车和其他等，他和我们其他人如何不一样，他如何优于我们其他人，他清白得简直就是耶稣再世——除了他不是神的儿子……”

马文·布里德觉得没必要说完这个念头，我只好请他继续说下去。

“但什么？”他说，“但什么呢？”他走向正对墓地大门的一扇窗户。“但什么呢？”他对着依稀可辨的墓地大门、雨夹雪和赫尼克石柱喃喃道。

“但是，”他说，“一个人帮助制造出了原子弹这样的东西，他怎么可能是无辜的呢？而一个人的妻子，全世界最善良、最美丽的女人，在因为缺少爱和理解而逐渐死去的时候，他却能够袖手旁观，他又怎么可能是神志清醒的呢……”

他战栗道：“有时候我怀疑他是不是生下来就已经死了。我从没见过哪个人比他对活人更不感兴趣的。有时候我觉得这就是咱们这个世界的问题：太多身居高位者其实是凉透了的死人。”

34 温-迪特

正是在这家墓碑店里，我得到了我的第一个温-迪特，这是个博克依教的术语，指朝着博克依的信仰猛然一推，使你开始相信万能上主对你无所不知，而且为你准备了某些非常精密的计划。

我这个温-迪特与榭寄生下的石雕天使有关。出租车司机固执地认为，他必须把那尊天使变成他母亲的墓碑，为此不惜付出任何代价。他站在天使像前，双眼饱含泪水。

马文·布里德依然盯着窗外的墓地大门，刚刚就费利克斯·赫尼克发表完他的演讲。“那个德国小杂种也许是个当代圣徒，”他补充道，“但真他妈该死，他做的任何事情都是他想做的；也真他妈该死，他得到了他想得到的所有东西。”

“音乐。”他又说。

“什么？”我问。

“她嫁给他的原因。她说他的头脑是依照宇宙间最宏大的音乐调试的，那是群星的音乐。”他摇摇头，“胡扯。”

这时，墓地大门让他想到了他最后一次见到弗兰克·赫尼克的情形，也就是喜欢制作模型和折磨瓶装虫子的浪荡小子。“弗兰克。”他说。

“他怎么了？”

“我最后一次见到那个倒霉的古怪小子时，他从墓地的那扇大门走出来。他父亲的葬礼还没结束。老头子还没埋进土里，弗兰克就走出了那扇门。他朝路过的第一辆车竖起大拇指。那是一辆崭新的庞蒂克，挂着佛罗里达的牌照。车停了。弗兰克跳上车，伊利昂从此再也没有人见过他。”

“听说警察在通缉他。”

“那是个意外，纯属巧合。弗兰克不是犯罪的那块料。他没有那种胆子。他唯一擅长的就是做模型。他唯一做得比较久的工作就是在杰克玩具店里卖模型、做模型和建议别人怎么做模型。他离开这儿之后去了佛罗里达，在萨拉索塔的一家模型店找了份工作。结果模型店是个犯罪组织的幌子，他们偷凯迪拉克，装上旧坦克登陆舰运往古巴。弗兰克就是这么卷进去的。我猜警察之所以没抓到他，是因为他已经死了。他用万能胶往密苏里号战舰上粘炮塔的时候听到了太多的秘密。”

“你知道牛顿的下落吗？”

“我猜他和他姐姐住在印第安纳波利斯。上次听说他的消息是他和那个俄国侏儒搞在一起，被康奈尔的医学预科班踢了出去。你能想象一个侏儒当医生吗？而在同一个多灾多难的家里，还出了个又高又大的笨姑娘，身高超过六英尺。她高中才上到二年级，那个以头脑而闻名的伟大男人就逼着她辍学，这样就又有女人可以照顾他的起居了。她唯一拿得出手的就是曾经在伊利昂高中的‘百人前进’乐队里吹过单簧管。”

“她辍学后，”布里德说，“没人约过她。她连一个朋友都没有，老头子没想到过要给她钱，让她去任何地方玩。能猜到她喜欢做什么吗？”

“猜不到。”

“夜里她经常把自己锁在卧室里，一个人播放唱片，跟着唱片吹她的单簧管。要我说，这个女人居然找到了丈夫，这真是本世纪最大的奇迹了。”

“这个天使，你多少钱肯卖给我？”出租车司机问。

“我说过了，那是非卖品。”

“我猜现如今这儿没人能做这样的石雕了。”我插嘴道。

“我有个侄子可以，”布里德说，“阿萨的儿子。他本来能当一个超级厉害的研究性科学家的，结果他们在广岛投下了原子弹，那小子就辞职了，他喝得烂醉来我这儿，说他想去雕石头。”

“现在呢？他在这儿工作？”

“他在罗马，已经是雕塑家了。”

“要是有人给你足够多的钱，”司机说，“你也会卖的，对吧？”

“有可能。但必须是很多钱才行。”

“像这么一个东西，名字该刻在哪儿呢？”司机问。

“已经刻过名字了，在底座上。”我们看不见名字，因为堆放的树枝盖住了底座。

“物主一直没来领走？”我问他。

“一直没付过钱。事情是这样的：有个德国移民，带着老婆往西部去，她感染天花，死在了伊利昂。于是他订购了这尊天使像当她的墓碑，他给我曾祖父看他有足够的钱。但接着他被抢劫了。有人抢走了他身上的每一分钱。他在世上只剩下了他在印第安纳买的一块他还没见过的土地。于是他继续上路了，说他会回来付钱的。”

“但一直没回来过？”我问。

“对。”马文·布里德用脚挪开几根树枝，让我们看底座上的浮雕文字。那是一个姓氏。“这个姓真是够稀奇的，”他说，“要是那个移民有后代，我猜他们肯定把姓氏改得美国化了。他们现在说不定姓琼斯、布莱克或汤普森。”

“那你就大错特错了。”我喃喃道。

房间似乎开始倾斜，墙壁、天花板和地板刹那间变成了诸多隧道的入口，这些隧道通往时间的所有方向。我产生了博克侬教徒的幻觉，觉得一切时间的每一秒和一切流浪的男人、一切流浪的女人、一切流浪的孩童全都合而为一。

幻觉消失后，我说：“那你就大错特错了。”

“你认识姓这个的人？”

“对。”

因为它正是我的姓氏。

35

玩具店

回酒店的路上，我一眼瞅见了杰克玩具店，弗兰克林·赫尼克曾经在这儿工作过。我请出租车司机停车，在门口等我。

我走进店里，见到杰克正在拾掇他那些缩微的消防车、火车、飞机、轮船、屋子、路灯柱、树木、坦克、火箭、汽车、门房、售票员、警察、消防员、妈妈、爸爸、猫、狗、鸡、士兵、鸭子和牛的模型。他苍白得像个死人，神情严肃，脏兮兮的，咳个没完。

“弗兰克林·赫尼克是个什么样的孩子？”他重复我的问题，然后咳了一阵又一阵。他摇摇头，向我展示他对弗兰克喜爱得无以复加。“我不需要用语言回答这个问题。我可以向你展示弗兰克林·赫尼克是个什么样的孩子。”他咳了一阵。“你先看，”他说，“然后自己下结论。”

他领我来到店铺的地下室。他就住在这底下。地下室里有双人床、衣柜和电炉。

床没整理过，杰克为此道歉。“我妻子一周前扔下我走了。”

他咳嗽一阵，“我还没把我的生活节奏找回来呢。”

说完他打开一个开关，炫目的光线照亮了地下室的另一端。

我们走向光源，发现那是阳光，照亮了建造在三合板上的神奇小世界，这是个正方形的世界岛，规整得就像堪萨斯的小镇。一个不安分的灵魂若是想去这个世界的翠绿边界之外探索，就真的会从世界边缘掉下去。

等比例缩小的细节是那么精致，材质的纹理和上色是那么巧妙，我不需要眯起眼睛去看，也愿意相信这是一个真实的国度——山丘，湖泊，河流，森林，城镇，任何一个乡土出身的好人会视若珍宝的东西都应有尽有。

而铁轨像意大利面似的四处延伸。

“你看看那些屋子的门。”杰克虔诚地说。

“漂亮。没的说。”

“门上有真正的门把手，门环也真的能动。”

“我的天！”

“你问弗兰克林·赫尼克是个什么样的孩子，告诉你，这东西就是他造的。”杰克哽咽了。

“他一个人？”

“哦，我帮了些忙，但完全按照他的规划做事。那小子是天才。”

“难道还会有人不同意？”

“他家小弟是侏儒，你知道的。”

“当然。”

“他从底下做了些焊接。”

“看上去确实很真实。”

“做得很不容易，而且也不是一个晚上做完的。”

“罗马可不是一天建成的。”

“你知道的，那孩子在家里没有任何生活可言。”

“有所耳闻。”

“这是他真正的家。他在地下室待了几千个小时。有时候他甚至不开火车，只是坐在旁边盯着看，就像咱们现在这样。”

“有很多东西可以看。感觉就像去欧洲，只要你肯去看，你就会发现有那么多东西可以看。”

“他能看见你和我都看不见的东西。他会突然拆掉一座山，虽说那座山在你我看来真得不可能更真了。而他做得对。他会在本来是山的地方建一个湖，在湖面上建一座高架桥，然后这个景象看上去会比先前还要真十倍。”

“这天赋可不是人人都有的。”

“没错！”杰克激动地说。激情的迸发害得他又是好一阵咳嗽。等他咳完，泪水充满了他的双眼。“唉，我对那孩子说，他应该去念大学，学习工程学什么的，这样他就可以去为美国疾风[1]之类的公司效力了——必须是个大公司，能支持他脑子里的那么多好点子。”

“要我说，你对他的支持已经够多的了。”

---

1 American Flyer，美国的玩具火车和火车模型制造公司。

“真希望我有那个能力，真希望我能做到，”杰克哀叹道，“但我没那个资本。只要我有多余的东西，我就会送给他，但这儿的大多数东西，他都是用他在楼上给我打工挣的钱买的。除了在这上面，他从不乱花一分钱。他不喝酒，不抽烟，不看电影，不约姑娘，对战争也没兴趣。”

“这个国家确实需要更多这样的人。”

杰克耸耸肩：“唉……我猜是佛罗里达的黑帮杀了他。担心他会乱说话。”

“我猜也是。”

杰克突然崩溃了，泪水决堤。“那些下流的狗杂种，”他呜咽道，“知不知道他们究竟杀死了什么？”

36 喵呜

在我去伊利昂和随后其他地方的这段时间里，我允许一个名叫谢尔曼·克雷布斯的穷苦诗人免费暂住我的纽约公寓。这次散心之旅为期两周，跨越了圣诞前后。我的第二任妻子抛弃了我，理由是我过于悲观，一个乐观主义者无法与我生活。

克雷布斯留着大胡子和白金色的耶稣长发，有一双西班牙人的眼睛。他和我不是密友。我在一个鸡尾酒会上认识了他，他自称全美诗人与画家支持迫在眉睫的核战争委员会主席。他求我给他一个地方住，能不能防住原子弹并不重要，而我凑巧有空房间。

然而等我回到纽约，还没从伊利昂那尊无主石雕天使的灵性启示中醒过神来，却发现一场虚无主义的狂欢毁灭了我的公寓。克雷布斯走了，但他在离开前打了三百多块钱的长途电话，在我的沙发上放了五把火，弄死了我的猫和我的鳄梨树，还扯掉了药柜的门。

他在厨房的黄色油毡地毯上写了一首诗，事实证明他用的是粪便。

我有个厨房，
但不是一个完整的厨房。
我不会真正地高兴，
除非我能彻底释放一下。

另外还有一条留言，是一个女人的笔迹，用口红写在床头上方的墙纸上。话是这么说的："不，不，不，炸鸡说。"

死猫的脖子上挂了个牌子，上面写着："喵呜。"

我再也没见过克雷布斯，但我依然能感觉到他在我的卡拉斯里。假如果真如此，那么他的功能就是个弗朗-弗朗。按照博克侬的说法，弗朗-弗朗是一个人，他会以他本人的生活为典范，通过剪断因果的链路，把人们从正常的生活引向荒谬的境界。

我本来也许会无可无不可地否定石雕天使的意义，然后从那里出发，归向彻底的无意义性。然而等我见到克雷布斯做的一切，尤其是他杀害了我可爱的猫之后，虚无主义就不再适合我了。

有什么人不希望我投入虚无主义的怀抱。克雷布斯自己也许并不知道，但他的使命就是帮我对那种哲学祛魅。干得好啊，克雷布斯先生，干得好。

37

一位现时代的少将

然后有一天，一个星期天，我发现了该去哪儿找那位逃犯、模型制造者、瓶子里的虫子的耶和华和别西卜[1]——总而言之，我发现了弗兰克林·赫尼克的下落。

他还活着！

消息登在《纽约星期日时报》的特别增刊上。增刊是某个香蕉共和国出钱买版面的广告。封面上是一张侧脸，属于我能在凡间见到的美得最令人心碎的一个姑娘。

姑娘的背景中，推土机正在推倒棕榈树，建造宽阔的大道。大道尽头是三座新建筑物的钢铁骨架。

“圣洛伦佐共和国，”封面配文说，“正在大步向前！一个健康快乐、进步至上、热爱自由的美丽国家焕发出勃勃生机，对美国

1 《圣经》中七宗罪里的“暴食”，在《新约》中被称为“魔王”。

投资者和游客都具有不可抗拒的魅力。”

我不着急阅读内文。光是看封面女郎就够了——不，不只是够了，因为我从第一眼就爱上了她。她非常年轻，也非常庄重——同时也充满善心和智慧。

她棕色的皮肤仿佛巧克力，金色的头发仿佛亚麻。

封面说，她叫蒙娜·阿蒙斯·蒙扎诺。她是这个岛国的独裁者的养女。

我打开增刊，希望能见到这位令人心醉神迷的混血圣女更多的照片。

但我见到的是岛国独裁者“爸爸”米格尔·蒙扎诺的肖像照，他年近八旬，貌若猿猴。

“爸爸”的肖像照旁边是另一张照片，上面是个溜肩膀、狐狸脸、似乎不太成熟的年轻男人。他穿雪白的军装，上面挂着某种镶珠宝的旭日徽章。他的双眼挨得很近，底下有黑眼圈。他似乎从小到大都叫理发师只剃两侧和后脑勺，留下头顶别动。他钢丝般的头发梳成鸭尾头，方方正正，烫出波浪，巍然耸立，高得不可思议。

配文介绍说这个其貌不扬的年轻人是弗兰克林·赫尼克少将，圣洛伦佐共和国的科学与发展部长。

他二十六岁。

38

全世界的梭鱼之都

按照《纽约星期日时报》增刊的说法，圣洛伦佐岛长五十英里，宽二十英里，人口四十五万，“……全都热烈拥护自由世界的理念”。

全岛最高点麦凯布山海拔一万一千英尺。首都玻利瓦尔，“……一座令人惊叹的现代化城市，其港口足以停泊美国海军的所有舰艇”，主要出口商品是蔗糖、咖啡、香蕉、靛蓝和手工艺品。

“经验丰富的渔夫公认此地是全世界无可争议的梭鱼之都。”

我不禁思考弗兰克林・赫尼克，一个连高中都没念完的辍学生，怎么就找到了一份这么光鲜的工作。我在一篇吹嘘圣洛伦佐的文章里找到了部分答案，文章署名“爸爸”蒙扎诺。

“爸爸”称弗兰克为“圣洛伦佐总体规划”的建筑师，规划中包括新建道路、乡村通电、污水处理厂、酒店、医院、诊所、铁路——各种工程应有尽有。尽管文章很短，还被大幅度编辑过，但“爸爸”在文中五次说弗兰克是“费利克斯・赫尼克的亲骨肉”。

这个说法散发着食人族的气味。

“爸爸”显然认为弗兰克是老头子身上的一块肉，同样法力无边。

39
法塔·莫甘娜

增刊中的另一篇文章也透露了少许端倪，这篇天花乱坠的文章题为《圣洛伦佐对一个美国人意味着什么》。我几乎可以确定文章出自代笔的写手，但署名为弗兰克林·赫尼克少将。

弗兰克在文章中宣称他单独驾驶一艘六十八英尺的克里斯游艇在加勒比海航行，途中险些倾覆。他没有说他在船上干什么和为什么独自一人，但白纸黑字地提到了出发地点是古巴。

“这艘豪华游艇正在沉没，即将带走我毫无价值的生命，”文章说，“四天以来，我一共只吃了两块饼干和一只海鸥。食人鲨的背鳍时而劈开我周围温暖的海水，满嘴利齿的梭鱼搅得海水翻腾不已。

“我抬起眼睛，仰望我的造物主，准备接受他对我的一切裁决。而我的视线落在了一座高耸入云的壮丽山峰上。这是法塔·莫甘娜吗，是海市蜃楼在残忍地欺骗我吗？”

读到这儿，我去查了查“法塔·莫甘娜”，发现这个词是海市蜃楼的别名，源于摩根·勒菲，居住在湖底的仙女，以时常在卡拉布里亚与西西里岛之间的墨西拿海峡现身而著称。简而言之，法塔·莫甘娜是诗歌里的胡扯。

弗兰克从正在沉没的游艇里见到的自然不是残忍的法塔·莫甘娜，而是麦凯布山的山顶。温柔的海浪随后把游艇缓缓推向圣洛伦佐怪石嶙峋的海岸，就好像上帝希望他去那儿似的。

弗兰克登上海岸，连鞋都没打湿，询问他这是来到了哪儿。文章没有说，但这个小杂种随身带着一小片九号冰——就装在一个保温杯里。

弗兰克没有护照，被关进了首都玻利瓦尔的监狱。“爸爸”蒙扎诺亲自来监狱找他，问弗兰克会不会凑巧就是不朽伟人费利克斯·赫尼克博士的血亲。

“我承认我是，”弗兰克在文章中说，“从那一刻开始，圣洛伦佐的每一扇机遇之门都为我敞开。”

40

希望与慈悲之家

说来也巧——博克侬会说“就该这么巧”——一家杂志社委托我对圣洛伦佐做个报道。报道的主角不是“爸爸”蒙扎诺或弗兰克，而是美国糖业大亨朱利安·卡斯尔，他在四十岁的时候效仿阿尔贝特·施韦泽，在丛林里创办了一所免费的医院，把生命奉献给了另一个种族的受苦百姓。

卡斯尔的医院名叫“丛林里的希望与慈悲之家”。这个丛林就在圣洛伦佐，位于麦凯布山北坡的野生咖啡树之中。

我飞往圣洛伦佐的时候，朱利安·卡斯尔已经六十岁了。

他已经无私地工作了二十年。

在他自私的岁月中，地摊小报读者熟悉他就像熟悉汤米·曼维尔、阿道夫·希特勒、贝尼托·墨索里尼和芭芭拉·赫顿。他的名声来自好色、酗酒、鲁莽驾驶和逃服兵役。他可以挥霍数百万美元，给人类增添的却只有烦恼，他在这方面拥有罕见的天赋。

他结过五次婚，生过一个儿子。

这个儿子名叫菲利普·卡斯尔，是我打算暂住的那家酒店的老板。酒店名叫卡萨蒙娜，以蒙娜·阿蒙斯·蒙扎诺命名，也就是《纽约星期日时报》增刊封面上的金发黑人女郎。卡萨蒙娜才刚刚开业，增刊封面上的蒙娜以三座崭新的建筑物为背景，其中之一就是这家酒店。

尽管我没有感到海浪在有意识地载着我前往圣洛伦佐，但我觉得爱情正在完成这个任务。法塔·莫甘娜，蒙娜·阿蒙斯·蒙扎诺很可能会喜爱之物的海市蜃楼，已经在我毫无价值的生命中成为一股强大的力量。她能给我带来的快乐一定会远远超过迄今为止其他女人给我带来过的。

41
为两个人组建的卡拉斯

从迈阿密最终飞往圣洛伦佐的飞机上，座位三个一排。说来也巧——“就该这么巧”——与我同一排的乘友是美国驻圣洛伦佐的新任大使霍利克·明顿和他的妻子克莱尔。两个人都白发苍苍、温文尔雅、弱不禁风。

明顿说他是一名职业外交人员，但也是第一次担任大使。他和妻子曾经任职的国家包括玻利维亚、智利、日本、法国、南斯拉夫、埃及、南非联邦、利比里亚和巴基斯坦。

两个人感情很深，不时用微小的礼物来取悦对方：舷窗外值得一看的风景、读物中好玩或有益的段落、过去的零碎回忆。我觉得他们完美地代表了博克侬所谓的“杜普拉斯”，仅仅由两个人构成的卡拉斯。

“一个真正的杜普拉斯，”博克侬教导我们，“是无法被侵入的，连他们结合生下的孩子也做不到。”

因此，我把明顿夫妇从我的卡拉斯中排除出去，也从弗兰克的卡拉斯、牛顿的卡拉斯、阿萨·布里德的卡拉斯、安吉拉的卡拉斯、莱曼·恩德斯·诺尔斯的卡拉斯、谢尔曼·克雷布斯的卡拉斯中排除了出去。明顿夫妇的卡拉斯非常微小，仅仅由两个人组成。

“我猜你一定感到非常高兴。”我对明顿说。

“我有什么好高兴的？”

“因为你当上了大使。”

从明顿夫妇互相交换的怜悯眼神来看，我猜我肯定说了一句蠢话。但他们给我留了面子。“对，”明顿做个鬼脸，“我非常高兴。”他无力地笑了笑：“我深感荣幸。”

我提起的几乎每一个话题都这么收场。我没法让明顿夫妇吐露任何东西。

举例来说。“我猜你们一定会说好几种语言。”我说。

“对，我们加起来有六七种。”明顿说。

“肯定非常愉快吧。”

“什么？”

“能和那么多不同国家的人交谈。”

“非常愉快。”明顿干巴巴地说。

“非常愉快。”他妻子也说。

然后他们继续读一份厚厚的手稿，这东西是用打字机打的，摊在两人之间的座椅扶手上。

“我想知道，”过了一会儿，我说，“你们走遍了世界，觉不觉得所有地方的人心都是一样的？”

“嗯？”明顿问。

“你们觉不觉得无论走到哪儿，人心其实都是一样的？”

他望向妻子，确定她听见的也是这个问题，然后转向我。“无论走到哪儿，人心都差不多。”他赞同道。

“嗯。”我说。

顺便提一句，博克侬教导我们，杜普拉斯的成员总是在一周内相继去世。就明顿夫妇而言，他们死于同一秒钟。

42
送给阿富汗的自行车

机尾有个小沙龙，我去喝了一杯，在那儿认识了另一对美国人：来自伊利诺伊州埃文斯顿的H. 洛·克罗斯比和他妻子黑泽尔。

他们五十多岁，身材肥硕，说话带鼻音。克罗斯比说他在芝加哥有一家自行车工厂，雇员对他没有任何感恩之情。他决定把生意迁至懂得感恩的圣洛伦佐。

“你很了解圣洛伦佐吗？”我问。

“这会是我第一次见到这个国家，但我喜欢我听说的一切。”H. 洛·克罗斯比说，“他们有纪律。你能指望他们明年和今年一个样。他们的政府不鼓励每个人都去当没人听说过的什么职业烦人精。”

“什么意思？”

“我的天，芝加哥现在没人制造自行车了。所有人都在研究人际关系。理论家成天坐在那儿琢磨有什么新办法能让每个人都高兴。你无论如何都不能解雇任何人。要是有人一不小心造出了一辆自行车，工会就会指责我们冷酷无情、没人性，而政府会以退税的名义没收自行车，拿去送给阿富汗的某个盲人。”

“而你认为圣洛伦佐的情况会比较好？”

“我知道肯定比较好。那儿的老百姓足够贫穷、恐惧和无知，因此还不至于没有常识。”

克罗斯比问我叫什么，是干什么的。我告诉了他，他妻子认出我的姓氏是个印第安纳州的特有姓氏。她同样出身于印第安纳州。

“我的天，”她说，“你是山地佬[1]吗？”

我说我是的。

“我也是山地佬，”她兴奋地叫道，“任何人都不该为他是个山地佬而自卑。”

“我不自卑，”我说，“也不认识因为这个而自卑的人。”

“山地佬活得很好。洛和我环球旅行过两次，无论走到哪儿，都会遇到执掌大局的山地佬。”

“真是令人安心呢。”

“认识伊斯坦布尔那家新酒店的经理吗？”

“不认识。”

“他是个山地佬。还有驻东京的那个陆军啥啥啥……”

“专员。”她丈夫说。

“他也是个山地佬，”黑泽尔说，“还有驻南斯拉夫的新大使……”

“山地佬？”我问。

“不只是他，还有《生活》杂志好莱坞版的编辑，还有智利的那个谁……”

“也是山地佬？”

“无论你走到哪儿，都会见到出人头地的山地佬。”她说。

1 Hoosier，印第安纳州人的别称。

“《宾虚》的作者也是山地佬。”

“还有詹姆斯·惠特科姆·赖利[1]。”

“你也是印第安纳州人？”我问她丈夫。

“不是。我是草原州[2]的。人们叫它‘林肯之乡’。”

“说起来，”黑泽尔得意地说，“林肯也算山地佬。他在斯宾塞县长大。”

“是哦。”我说。

“我不知道山地佬到底是怎么了，”黑泽尔说，“但他们肯定有点什么不一样的。要是谁肯花时间做个名单，一定会大吃一惊。”

“没错。”我说。

她紧紧地抓住我的胳膊：“咱们山地佬应该团结一致。”

“对。”

“你叫我‘老妈’好了。”

“什么？”

“每次我遇到一个年轻山地佬，就会说：‘你叫我老妈好了。’”

“嗯哼。”

“来，叫一声我听听。”她催促道。

“老妈？”

她微笑，松开我的手。某种时钟机构完成了循环。我叫黑泽尔

1 詹姆斯·惠特科姆·赖利（James Whitecomb Riley，1849—1916），美国诗人，以用印第安纳俚语写作而著称。

2 指伊利诺伊州。

“老妈”关闭了它，黑泽尔这会儿正在给它上发条，等待下一个山地佬的出现。

黑泽尔痴迷于在世界各地寻找山地佬，这是“假卡拉斯”的标准范例。假卡拉斯看上去似乎是个队伍，然而就上帝的行事方式而言却毫无意义，是博克侬所谓“格兰法隆”的标准范例。格兰法隆的范例还有美国革命女儿会、通用电气公司、国际奇人共济会，还有一切国家，无论处于哪个时代和哪个地方。

正如博克侬请我们与他一同高唱的：

> 要是你想看清一个格兰法隆，
> 找个玩具气球剥掉外皮就行。

43
示范

H. 洛·克罗斯比认为独裁往往是非常好的好事。他不是坏人，也不是傻瓜。他有资格以某种粗鄙而滑稽的态度看待世界，然而他对散漫人类的诸多看法不但好玩，而且真实。

但是，每当他说到人应该如何度过他们在世上的短暂时光，理性和幽默感就会在这个节骨眼儿上离他而去。

他坚定不移地认为他们应该为他制造自行车。

“希望圣洛伦佐真的有你听说的那么好。”我说。

“我只需要和一个人聊一聊，就会知道是不是真的，”他说，“我只要‘爸爸’蒙扎诺能以荣誉对那个小岛上的一切做出承诺。事情现在是这样，以后也永远是这样。”

“我喜欢的一点，”黑泽尔说，“是他们都说英语，而且都是基督徒。这样事情就容易多了。”

“你知道他们怎么处理犯罪吗？”克罗斯比问我。

“不知道。”

“他们根本就没有任何犯罪。‘爸爸’蒙扎诺把犯罪变得彻底丧失了吸引力，任何人只要想到犯罪就会犯恶心。我听说可以把皮夹子扔在人行道中间，过一个星期回来，不但皮夹子还在原处，里面的东西也都没被碰过。”

“哦。”

“知道偷东西的惩罚是什么吗？”

“不知道。”

“铁钩，”他说，“不是罚款，不是缓刑，也不是三十天监禁，而是铁钩。偷东西是铁钩，杀人是铁钩，纵火是铁钩，叛国、强奸、偷窥全都是铁钩。只要违反法律，无论是什么该死的条款，惩罚都是铁钩。每个人都明白，于是圣洛伦佐变成了全世界最规矩的国家。”

“铁钩是什么？”

“先搭一个绞刑架，明白吗？两根柱子，一根横梁。然后把一个巨大无比的铁鱼钩挂在横梁上。然后把蠢得居然会去犯罪的人带出来，把铁钩从他肚子的一侧穿进去，从另一侧穿出来，然后一松手——老天在上，这个破坏法律的倒霉蛋就被挂在上面了。”

“我的好老天啊！”

“我可不会说这有什么好的，”克罗斯比说，“但也不会说它有什么不好的。有时候我在想，要是用上这办法，青少年是不是就不会误入歧途了呢？铁钩对民主社会来说也许有点极端了。公开绞刑大概更合适。吊死几个青少年偷车贼，就吊在他们家门口的路灯柱上，脖子上挂个牌子说：‘妈妈，你的崽子回家了。’这么来上几趟，我看点火钥匙就会和露天加座还有踏脚板[1]一样消失了。”

“我们在伦敦蜡像馆的地下室见过那东西。”黑泽尔说。

“什么东西？”我问。

“铁钩。在地下室的恐怖馆里，还搞了个蜡人挂在铁钩上。做得栩栩如生，我都快看吐了。”

“哈里·杜鲁门看上去一点也不像哈里·杜鲁门。”克罗斯比说。

“你说什么？”

“蜡像馆里，”克罗斯比说，“杜鲁门的蜡像不怎么像他本人。”

“但大部分真的很像。”黑泽尔说。

“挂在铁钩上的是个什么名人吗？”我问她。

1　两者都是老式汽车上的设计，前者是一个车身外的折叠座椅，后者是供人站立的车边踏板。

"应该不是。只是个无名之辈。"

"所以只是个示范？"我问。

"对。它前面有一道黑色天鹅绒的帘子，你必须拉开帘子才能看见。帘子上别着一个警告牌，说儿童不得观看。"

"但孩子们当然要看，"克罗斯比说，"地下室有的是孩子，他们全都去看了。"

"那种警告牌就是孩子的猫薄荷。"黑泽尔说。

"孩子们见到铁钩上的人是什么反应？"我问。

"哦，"黑泽尔说，"他们的反应和成年人一样，只是盯着看一会儿，什么都不说，然后就继续向前走，去看下一件展品了。"

"下一件展品是什么？"

"是一把铁椅子，一个人在上面被活活烤死，"克罗斯比说，"烤他是因为他杀了自己的儿子。"

"但是，在他被烤死之后，"黑泽尔淡然道，"警察发现他其实没有杀他的儿子。"

44

同情者

我回到克莱尔和霍利克·明顿这个杜普拉斯旁边的座位上，我知道了有关他们两个人的一些新情况——是克罗斯比夫妇告诉我的。

克罗斯比夫妇并不认识明顿，但听说过他，对他被任命为大使感到义愤填膺。他们说明顿被美国国务院扫地出门，因为他的心肠不够硬，他能够复职也是因为有人使了花招或用了更坏的伎俩。

“后面的小沙龙挺舒服的。”我坐下时对明顿说。

“嗯？”他和妻子还在读放在两人之间的稿子。

“后面的酒吧还不错。”

“哦，好。很高兴听你这么说。”

两个人继续读稿子，显然没兴趣和我聊天。过了一会儿，明顿突然转向我，脸上露出一丝苦笑，问我：“好吧，他是谁？”

“谁是谁？”

“在酒吧里和你聊天的男人。我们去后面想喝一杯，刚走到门口就听见你和一个男人在聊天。他的嗓门儿非常大。他说我同情某个主义。”

“一个自行车生产商，叫H. 洛·克罗斯比。”我说，觉得自己的脸红了。

“我被开除是因为悲观，和其他人没关系。”

“是我害得他被开除了，”他妻子说，“对他不利的有力证据只有一个，是我从巴基斯坦写给《纽约时报》的一封信。”

“信里说了什么？”

“说了很多事情，”她答道，“因为我很生气，美国人无法想象不是美国人是一种什么活法，无法想象你不是美国人，居然还能为此而自豪。”

“我明白了。”

“信里有一句话，在忠诚听证会上被引用了无数遍，”明顿叹息道，引用他妻子写给《纽约时报》的信，“‘美国人总要在爱不会采取的形态、爱不会存在的地方寻找爱。这肯定和边疆消失的情结有关系’。”

45 美国佬为什么招人恨

克莱尔·明顿写给《纽约时报》的信发表时，刚好是麦卡锡参议员最猖狂的那段时间，报纸印出来还不到十二个小时，她丈夫就被解雇了。

“那封信到底坏在哪儿呢？”我问。

“叛国这个罪名，它最恶劣的情形莫过于，”明顿说，“说美国人并不是无论去哪儿，无论干什么都能千篇一律地受到爱戴。克莱尔想说的问题是，美国外交政策应该认识到恨的存在，而不是一厢情愿地幻想被爱。”

“我猜美国佬在很多地方都挺招人恨的。”

“人在很多地方都很招人恨。克莱尔在信里指出，美国人受到仇恨，只是在接受生而为人的一般性惩罚，而他们过于愚蠢，竟然认为他们应该被豁免于这样的惩罚。但忠诚委员会对这样的事实毫不在意，他们只在乎克莱尔和我居然感觉到美国人不受爱戴。”

“嗯，我很高兴这事情有个好结局。”

“嗯？”明顿说。

“最后的结果还不错嘛，”我说，“你看你不是正在去担任大使的路上了吗？”

明顿和妻子交换了一个杜普拉斯之间的那种悲悯眼神，然后对我说：“是啊。彩虹尽头的那坛金子[1]是我们的了。”

46

博克侬教徒如何应付恺撒

我和明顿夫妇谈起弗兰克林·赫尼克的法律状态问题，因为他除了是“爸爸”蒙扎诺政府的要员，毕竟也是美国司法体系的一名逃犯。

“已经一笔勾销了，”明顿说，“他已经不是美国公民了，而且似乎正在圣洛伦佐做好事，所以就这样了。”

“他放弃了美国国籍吗？”

“任何人，只要宣布效忠于其他国家，或者在外国武装部队服役，或者接受外国政府的雇佣，就会自动失去美国国籍。读一读你

1 在英语口语中，“彩虹尽头的一坛金子”常被用来喻指永远得不到的报酬，或可望而不可即的财富。

护照上的文字吧。你不能一边享受花边小报上说的弗兰克过的那种跨国浪漫生活，一边还能躲在山姆大叔的翅膀底下。”

“他在圣洛伦佐受人喜爱吗？”

明顿掂了掂他和妻子一直在读的那份稿子：“我还不知道呢。但这本书说并不。”

“那是什么书？”

“关于圣洛伦佐的唯一一本学术著作。”

“算是学术著作吧。”克莱尔说。

“算是学术著作吧，”明顿应和道，“还没出版。这是现有的五份拷贝之一。”他递给我，说只要我喜欢，想怎么读都行。

我翻到标题页，发现这本书名叫《圣洛伦佐：其土，其史，其民》。作者是朱利安·卡斯尔的儿子菲利普·卡斯尔，正是我要去见的那位大慈善家的开酒店的儿子。

我随手翻开一页。说来也巧，就刚好翻到了专门写岛上非法圣人博克侬的那一章。

我眼前的这一页引用了《博克侬之书》中的一句。字词从纸上跃入我的脑海，在那儿受到了热烈的欢迎。

这段文字算是对耶稣劝谕的一个注解，耶稣说的是：“这样，恺撒的物当归给恺撒。”[1]

博克侬的注解是：“别去管恺撒。恺撒根本不知道在发生什么。”

1 出自《马太福音》。

47

动态张力

我完全掉进了菲利普·卡斯尔的书里，航班经停波多黎各圣胡安十分钟的时候我没有抬起头，有人在我背后激动地悄声说一个侏儒上了飞机，我还是没有抬起头。

过了一会儿，我四处张望，寻找那个侏儒，但没有找到。我看见黑泽尔和H. 洛·克罗斯比的前一排多了一个新登机的女人，她长着一张马脸，留着白金色的长发。她旁边的座位似乎没人，然而也有可能坐着一个侏儒，只是椅背挡住了他的头顶而已。

但此刻更吸引我的是圣洛伦佐——其土，其史，其民——因此我没有更认真地去寻找那个侏儒。毕竟侏儒只是用来在无聊和空闲的时候解闷的，而此刻我既不无聊也没空闲，而是沉浸在博克侬所谓的“动态张力”理论里，他在其中讲述了他对善恶之间至关重要的平衡的推断。

第一次在菲利普·卡斯尔的书里见到“动态张力”这个用语时，我发出了我自认高高在上的笑声。按照小卡斯尔著作的说法，这是博克侬最喜欢的用语之一，而我以为我知道一件博克侬不知道的事情：这是个被函授健美教练查尔斯·阿特拉斯[1]庸俗化了的

1　查尔斯·阿特拉斯（Charles Atlas，1892—1972），美国健美运动员，他最著名的是“健美运动”方法及其相关锻炼，该程序催生了具有他的名字和肖像的地标性广告活动。——编者注

用语。

然而往下没读多久，我就发现了博克侬很清楚查尔斯·阿特拉斯是谁。事实上，博克侬曾经在他的健美学校修行过。

查尔斯·阿特拉斯认为，锻炼肌肉其实不需要杠铃或拉力器，只需要用一组肌肉去对抗另一组肌肉就行。

博克侬认为，只有让善对抗恶，让两者之间始终保持强烈的张力，才有可能创造出美好的社会。

我在卡斯尔的书里第一次读到了博克侬教的诗歌，也就是所谓的“卡利普索”。原文如下：

“爸爸”蒙扎诺，他非常坏，
但要是没有坏“爸爸”，
我就会变得非常坏；
因为要是没有“爸爸”的坏，
要是你愿意，请你告诉我，
邪恶的老博克侬
怎么可能显得好？

48

就像圣奥古斯丁

我从卡斯尔的书里得知，博克依生于1891年。他是黑人，出生于多巴哥岛，因此生下来就是圣公会教徒和英国人。

他的教名是莱诺尔·博伊德·约翰逊。

他是六个孩子里最小的一个，家里很有钱。家族财富来自博克依祖父发现的海盗藏宝，那二十五万美元据说是“黑胡子”爱德华·蒂奇的藏宝。

博克依的家族把“黑胡子”的藏宝投资在了沥青、椰子干、可可、家畜和家禽上。

莱诺尔·博伊德·约翰逊年少时在圣公会学校接受教育，成绩优秀，但最感兴趣的是宗教仪式。身为一名年轻人，他对有组织宗教的外在服饰很感兴趣，似乎也热衷于饮宴作乐，正如他邀请我们和他一起在《第十四号卡利普索》里唱的：

我年轻的时候，
多么快活和暴躁，
我喝酒，追女人，
就像年轻的圣奥古斯丁。
圣人奥古斯丁啊，
他注定是个圣人。

所以，万一我也注定要成为圣人，
妈妈，请你别给我昏过去。

49

愤怒大海扔上来的一条鱼

莱诺尔·博伊德·约翰逊在求知方面可谓雄心万丈，1911年，他独自驾驶一艘名叫女王拖鞋号的单桅帆船从多巴哥前往伦敦。他去伦敦是为了接受更高级的教育。

伦敦政治经济学院录取了他。

然而第一次世界大战打断了他的求学之路。他被征召加入步兵，表现优异，在战场上获得晋升。战地通讯中四次提到他的名字。他在第二次伊普尔战役中吸入毒气，住院治疗两年后退伍。

他再次驾驶女王拖鞋号，返回故乡多巴哥。

离家只有八十海里的时候，一艘德国的U–99潜艇截停了他。他沦为俘虏，德国丘八把他的小船当作训练的靶子。潜艇还停在水面上的时候，英国驱逐舰渡鸦号突然出现，俘虏了这艘潜艇。

约翰逊和德国佬被带上驱逐舰，英国人击沉了德国潜艇。

渡鸦号本来要前往地中海，然而没能抵达目的地。船舵坏了，因此它只能绝望地随波逐流，或者在洋面上顺时针兜大圈。历经千辛万苦之后，它终于停泊在了佛得角群岛。

约翰逊在佛得角待了八个月，等待能带他去西半球的交通工具。

最后他在一艘渔船上找了份工作。这艘船做的生意是运送非法移民去马萨诸塞州的新贝德福德，却被暴风吹得在罗德岛的纽波特搁浅了。

到了这时候，约翰逊已经得出结论，某些力量出于某种理由要他去某个地方。于是他在纽波特待了一段时间，看他的宿命在不在那儿。他在著名的拉姆福德庄园当园丁兼木匠。

在这段时间里，他见到了拉姆福德庄园招待过的诸多名流，其中有J. P. 摩根、约翰·约瑟夫·潘兴将军、富兰克林·德拉诺·罗斯福、恩里科·卡鲁索、沃伦·加梅利尔·哈丁和哈里·胡迪尼。同样在这段时间里，第一次世界大战结束了，一千多万人因此丧命，另有包括约翰逊在内的两千多万人受伤。

战争结束后，拉姆福德家族的年轻浪子雷明顿·拉姆福德四世决定驾驶蒸汽游艇舍赫拉查德号环游世界，访问西班牙、法国、意大利、希腊、埃及、印度、中国和日本。他邀请约翰逊担任他的大副，约翰逊答应了。

约翰逊在这次航行中见证了许多世界奇迹。

舍赫拉查德号在孟买港遇到大雾被撞沉，全船只有约翰逊一人生还。他在印度待了两年，成为甘地的追随者。他率众卧轨，以抗议英国人的统治，因此遭到逮捕。服刑期满后，皇室出钱送他上船回多巴哥。

他在多巴哥又建造了一艘纵帆船，命名为女王拖鞋二号。

他驾驶这艘船环游加勒比海，继续等待一场暴风送他搁浅，前往他注定要去的宿命之地。

1922年，他在海地的太子港躲避飓风，这个国家当时被美国海军陆战队占领。

一个头脑聪慧、自学成才的理想主义逃兵找到他，此人名叫厄尔·麦凯布。麦凯布是海军陆战队的下士，偷走了整个连队的娱乐费。他给约翰逊五百块钱，要约翰逊送他去迈阿密。

两人启航前往迈阿密。

但一阵狂风把这艘纵帆船送上了环绕圣洛伦佐的礁石。船沉了，约翰逊和麦凯布两个人光着身子游上岸。博克侬本人如此描述这场历险：

> 愤怒的大海，
> 扔起一条鱼，
> 我上岸喘气，
> 我就成了我。

赤身裸体地登上一座陌生岛屿的神秘感迷住了他。他决定让这场历险继续发展下去，看看一个光着身子从咸水中爬上岸的人究竟能走多远。

这是他的重生：

> 要活得像婴儿，
> 《圣经》这么说，

于是我就活得像个婴儿，
一直到今天。

他之所以会得到博克侬这个名字，原因非常简单：岛上说的是一种英语方言，而约翰逊的发音就是博克侬。

至于这种方言……

圣洛伦佐方言很容易听懂，但很难写下来。另外，我说很容易听懂只能代表我自己。其他人觉得它像巴斯克语一样难以听懂，因此我能听懂它，靠的也许是心灵感应。

菲利普·卡斯尔在书里用一个例子示范了这种方言的发音，非常出色地抓住了它的神韵。他选择的例子是圣洛伦佐语的《一闪一闪小星星》。

在美国英语里，这首不朽短诗的一个版本是这样的：

一闪一闪小星星，
我思星星为何物，
悬于空中放光明，
仿佛黑夜一茶托，
一闪一闪小星星，
我思星星为何物。

根据卡斯尔的记录，用圣洛伦佐方言念这首诗是这样的：

亚伞亚伞修欣欣，
喔施欣欣埋哈母。
寻于轰冲放宫闵，
风扶虾也亚刹吐，
亚伞亚伞修欣欣，
喔施欣欣埋哈母。

约翰逊变成博克侬后不久，人们在岸边发现了他那艘破船上的救生艇。救生艇后来被漆成金色，改造成小岛最高统治者的卧榻。

“博克侬本人编造了一个传说，”菲利普·卡斯尔在书中写道，“世界末日到来的时候，那艘金船将再次下海航行。”

50
一个好看的侏儒

博克侬的生平我才读到一半，却被H. 洛·克罗斯比的妻子黑泽尔打断了。她站在我身旁的过道里。“你绝对不会相信的，”她说，“但我刚刚又在飞机上发现了两个山地佬。”

“真是活见鬼了。”

“他们不是天生的山地佬，而是住在那儿。他们住在印第安纳波利斯。”

“非常有意思。”

“想认识一下他们吗？”

“有这个必要吗？”

这个问题难住了她：“他们是你的山地老乡啊。”

“他们叫什么？”

“女的姓康纳斯，男的姓赫尼克。他们是姐弟俩，男的是个侏儒，但还挺好看的。”她使个眼色，“一个聪明的好小子。”

“他叫你‘老妈’了吗？”

“我险些开口，但想了想没说，我感觉要一个侏儒这么做似乎不太礼貌。”

“胡说八道。”

51

没问题，老妈

于是我走向机尾，与安吉拉·赫尼克·康纳斯和小牛顿·赫尼克交谈，他们都是我的卡拉斯的成员。

我先前注意到的金发马脸女人就是安吉拉。

牛顿确实非常矮小，但并不奇形怪状。他身材匀称，就像格列佛来到了大人国，为人也和格列佛一样机灵和警觉。

他拿着一杯香槟，机票的价钱里包括这杯酒。酒杯之于他，就像金鱼缸之于一般人，但他喝酒的姿势既优雅又轻松，你会觉得他和酒杯本来就是天生一对。

这个小杂种的行李里用保温杯装着一枚九号冰的晶体，他时乖命蹇的姐姐也一样，而飞机底下就是上帝他老人家创造的一片汪洋——加勒比海。

黑泽尔从介绍山地佬、和山地佬认识中得到了她想要的快乐，然后就撇下我们回去了。“记住，”她离开时对我们说，“从今往后要叫我‘老妈’。”

“没问题，老妈。”我说。

“没问题，老妈。”牛顿也说。由于天生声带小，他的嗓门儿很尖，但他成功地给这个声音增添了强烈的男性色彩。

安吉拉固执地把牛顿当作婴儿看待，他以温柔而和蔼的气度原谅了姐姐，我本来以为身量这么小的人不可能拥有这样的气度。

牛顿和安吉拉都记得我，记得我写给他们的信，他们那一排的三个座位有一个空着，他们请我坐下。

安吉拉向我道歉，因为她一直没有给我回信。

“我想不到任何会让读者觉得有意思的事情。我当然可以编一些那天发生的故事，但我不认为你会希望我这么做。事实上，那天只是一个普普通通的日子。”

“你弟弟写了一封非常出色的信给我。”

安吉拉吃了一惊。“牛顿吗？牛顿怎么可能记得任何事情？”她转向弟弟，“亲爱的，你不记得那天发生的任何事情，对吧？当时你只是个婴儿。”

“我记得。”他淡淡地说。

“真希望我看过那封信。”她的言下之意是牛顿还太不成熟，无法直接和外部世界打交道。安吉拉的迟钝可谓登峰造极，她完全不理解矮小对牛顿意味着什么。

“亲爱的，你应该给我看那封信的。”她责备道。

“对不起，”牛顿说，“我做事没过脑子。”

“我不妨直接告诉你，”安吉拉对我说，“布里德博士说我不该配合你。他说你感兴趣的不是公正地描述我父亲。”她向我表达了她多么不喜欢我那么做。

我安慰她，说这本书多半是写不出来的，我早就不知道这本书会写什么和该写什么了。

“嗯，万一你有朝一日真的要写了，最好把我父亲写成圣人，因为他事实上就是个圣人。”

我承诺一定会尽我所能描绘这个形象。我问她和牛顿是不是要去圣洛伦佐和弗兰克团聚。

“弗兰克要结婚了，”安吉拉说，“我们去参加订婚仪式。”

“是吗？那个幸运的姑娘是谁？”

“我给你看。”安吉拉说，从手包里拿出皮夹子，里面有个塑料百褶夹。百褶夹的每个褶里都插着一张照片。安吉拉翻找照片，我瞥见了小牛顿在科德角的沙滩上、费利克斯·赫尼克博士接受诺贝尔奖、安吉拉土气的双胞胎女儿、弗兰克操纵线控模型飞机。

然后她给我看弗兰克要娶的那个姑娘。

她还不如给我腹股沟一拳算了，反正效果相同。

她给我看的照片上是蒙娜·阿蒙斯·蒙扎诺——我一见钟情的女人。

52
无痛

安吉拉一旦打开塑料百褶夹就关不上了，除非你一张一张看完所有的照片。

“这里有我爱过的人们。”她正色道。

于是我开始浏览她爱过的人们。夹在塑料膜里的照片就像困在琥珀里的昆虫化石，所拍摄的对象占据了我的卡拉斯的很大一部分，但不包括我的任何一个格兰法隆。

有很多照片拍的是赫尼克博士，他生下了一颗原子弹、三个孩子和九号冰。他个头不高，理论上是一个男侏儒和一个女巨人的父亲。

在安吉拉的化石收藏里，我最喜欢的老头子的照片是他裹着严严实实的冬装，身穿厚外套，脚穿雨靴，系着围巾，头戴顶上有个大绒球的羊毛针织帽。

安吉拉哽咽着告诉我，这张照片拍摄于海恩尼斯，离老头子去世只有短短三个小时。报社的一名摄影师认出这个看似是圣诞精灵的老人其实是伟大的科学家赫尼克。

“你父亲是在医院里去世的吗？”

“噢，不！他在我们家的别墅里去世，坐在面朝大海的一张白色柳条椅上。牛顿和弗兰克冒着风雪去海滩散步了……”

“那天的雪很暖和，”牛顿说，“就好像走在橙色的花丛里。感觉非常奇特。其他别墅都没人……”

“只有我们家装了暖气。”安吉拉说。

“我们走了几英里，一个人都没遇到，”牛顿回忆道，时至今日依然觉得很惊讶，“然后弗兰克和我在海滩上见到了一条大黑狗——拉布拉多。我们把棍子扔进海里，它跑去叼回来。”

“我去村里买圣诞彩灯了，”安吉拉说，“我们已经有一棵圣诞树了。”

“你父亲喜欢过节在家里放圣诞树吗？”

“他从没说过喜不喜欢。”牛顿说。

“我认为他是喜欢的，”安吉拉说，“他只是不擅长表现出来。有些人就是这样。”

“确实，有些人就是这样。”牛顿说，轻轻地耸了一下肩膀。

“总之，”安吉拉说，“等我们回到家里，发现他坐在椅子里。”她摇摇头：“我猜他并没有受苦。他看上去像是睡着了。只要稍微有一丁点儿的痛苦，他就不可能是那个样子。”

她没有提整件事里最有意思的一部分。她没有提正是在那个圣诞前夜，她、弗兰克和小牛顿平分了老头子的九号冰。

53

织技公司的总裁

安吉拉催促我继续看照片。

“那是我，是不是没法相信？”她给我看一个六英尺高的少女。她在照片里拿着单簧管，身穿伊利昂高中乐队的游行制服，头发塞在乐手的帽子里，羞怯的笑容里饱含喜悦。

然后安吉拉——上帝没有赐予这个女人任何吸引男人的优点——给我看她丈夫的照片。

“这就是哈里森·C. 康纳斯。”我震惊了。她丈夫英俊得出奇，看上去他自己也知道。他衣着入时，眼睛里含着花花公子的那种慵懒和自得。

“他……他是干什么的？”我问。

“织技公司的总裁。”

“电子方面的公司？”

“就算我知道，也不能告诉你。他做的都是超级机密的政府工作。”

“武器？”

“总之和战争有关系。”

“你是怎么认识他的？”

“他曾经是父亲的一名实验室助理，”安吉拉说，“后来出走印第安纳波利斯，创办了织技公司。”

“所以你和他结婚是多年恋爱的快乐结局？”

“不。我甚至不知道他知不知道有我这么一个活人。我以前认为他挺不错，但我父亲去世前，他从没正眼看过我。

“一天，他来到了伊利昂。我待在我们家的老房子里无事可做，心想我这辈子算是完了……”她描述父亲去世后那段难熬的日子，“我们家的老房子里只有我和小牛顿两个人。弗兰克已经失踪，鬼魂的响动比牛顿和我加起来的还要闹腾十倍。我把我的整个生命都献给了我父亲，开车送他上班，接他下班；天冷了给他一件一件添衣服；天热了帮他一件一件脱衣服；伺候他吃饭；替他付账单……但忽然之间，再也没有事情可以让我做了。我从小到大连一个好朋友都没有，除了牛顿也没人愿意听我倾诉。

“但这时候，”她继续道，“有人敲响了大门，站在门口的是哈里森·康纳斯。他是我见过的最美丽的造物。他走进来，我们谈起父亲最后的这段时间和种种往事。”

安吉拉快要哭了。

“两周之后，我们结婚了。”

54
纳粹、保皇党、空降兵和逃服兵役者

我回到自己的座位上，由于已经把蒙娜·阿蒙斯·蒙扎诺输给了弗兰克，我只觉得自己可怜到了极点。我继续读菲利普·卡斯尔的书稿。

我在索引里找“蒙扎诺，蒙娜·阿蒙斯”，索引说参见“阿蒙斯，蒙娜”。

然后我去找“阿蒙斯，蒙娜”，发现提到她的页码索引条数几乎和“爸爸”蒙扎诺名字底下的条数一样多。

紧跟着“阿蒙斯，蒙娜”的是“阿蒙斯·内斯特”。我翻看了几个提到他的页码，得知他是蒙娜的父亲，芬兰人，建筑师。

内斯特·阿蒙斯被俄国人俘虏，在第二次世界大战期间被德国人解救。释放他的人不允许他回家，而是强迫他加入国防军的一支工程部队，前往南斯拉夫与游击队作战。切特尼克——忠于塞尔维亚皇室的游击队——首先俘虏了他，然后游击队突袭切特尼克，再次俘虏了他。来偷袭的意大利伞兵又解救了他，把他用船送往意大利。

意大利人命令他为西西里设计防御工事。他在西西里偷了一艘渔船，来到中立的葡萄牙。

正是在葡萄牙，他认识了一个逃服兵役的美国人，后者名叫朱利安·卡斯尔。

卡斯尔得知阿蒙斯是建筑师，于是邀请他一起前往圣洛伦佐岛，为他设计一所名叫“丛林里的希望与慈悲之家”的医院。

阿蒙斯接受了邀请。他设计了医院，在当地娶了一个名叫西莉亚的女人，生了一个完美的女儿，然后撒手人寰。

55

决不要给你自己的书编索引

至于“阿蒙斯，蒙娜”的生平，索引本身就描绘了一幅超现实的纷乱画面，呈现出诸多彼此矛盾的力量如何对她发挥作用和她如何在惊恐中做出反应。

索引说：“阿蒙斯，蒙娜：被蒙扎诺收养，以提高蒙扎诺的人望，194–199，216n.；在丛林里的希望与慈悲之家医院内度过的童年，63–81；年少时与P. 卡斯尔的情缘，72f；父亲去世，89ff；母亲去世，92f；因国民情欲符号的角色而困窘，80、95f，166n.，209，247n.，400–406，566n.，678；与P. 卡斯尔订婚，193；天真的本质，67–71，80，95f，116n.，209，274n.，400–406，566n.，678；与博克侬共同生活，92–98，196–197；关于她的诗，2n.，26，114，119，311，316，477n.，501，507，555n.，689，718ff，799ff，800n.，841，846ff，908n.，971，974；她的诗，89，92，193；回到蒙扎诺身边，199；回到博克侬身边，197；从博克侬身边逃跑，199；从蒙扎诺身边逃跑，197；企图让自己变丑，以不再担任岛民的情欲符号，80，95f，116n.，209，247n.，400–406，566n.，678；接受博克侬的教导，63–80；写信给联合国，200；木琴大师，71。”

我把这条索引拿给明顿夫妇看，问他们是否认为索引本身就构成了一篇引人入胜的传记，传主是一位不情愿的性爱女神。出人意料的是，我得到了一个非常专业的回答：生活中有时候就是会发生这种事。原因很简单，克莱尔·明顿曾经以编索引为职业。说来惭愧，我根本没听说过存在这么一个行当。

她说她靠做索引师挣的钱供丈夫念完了大学，索引师的薪水很高，能编好索引的人并不多。

她说只有最外行的作者才会为自己的书编索引。我问她觉得菲利普·卡斯尔编得怎么样。

“让作者沾沾自喜，对读者是个侮辱。”她说。“用个‘自我’开头的词来形容，”她流露出了专家那既友善又机敏的态度，“就是自我放纵。每次见到作者为自己作品编的索引，我都会替他们感到尴尬。”

“尴尬？”

“作者为自己作品编的索引就像暴露狂，”她告诉我，“在训练有素的眼睛看来，完全是一种不知羞耻的展示行径。”

“她能通过索引看出一个人的性格。”她丈夫说。

“是吗？”我说，“你看出菲利普·卡斯尔的什么来了？”

她淡然一笑：“有些事情还是不要告诉陌生人为好。”

“对不起。”

“他显然爱着这个蒙娜·阿蒙斯·蒙扎诺。”她说。

“要是我没弄错，圣洛伦佐的每一个男人都爱她。”

“他对他父亲怀着错综复杂的感情。”她说。

“世上哪个男人不是呢？”我不动声色地激她往下说。

“他缺乏安全感。”

“哪个活人不是呢？”我问。求问是博克依教的典型行为，只是当时我还不知道。

“他永远无法和她结婚。”

“为什么？”

“我能说的已经全说完了。”她说。

“能认识一位尊重他人隐私的索引师，我感到非常荣幸。”

“决不要给你自己的书编索引。”她做了最终陈述。

博克依教导我们，在亲密无间的永恒爱情之中，杜普拉斯是个宝贵的工具，能帮助你获取和形成奇异但真实的洞见。明顿夫妇对索引的熟谙探索无疑就是个好例子。博克依教导我们，杜普拉斯同时也是个可爱但自负的小团体。明顿夫妇的小团体也不例外。

晚些时候，我在飞机的过道里遇到了明顿大使，他妻子不在他身边。他表示我尊重他妻子通过索引看到的东西对他来说很重要。

“知道为什么尽管卡斯尔爱那姑娘，尽管那姑娘也爱他，尽管两个人一起长大，但他们不可能结婚吗？”他压低声音说。

“不，先生，我不知道。”

“因为他是同性恋，”明顿低声说，“这也是她从索引里看出来的。”

56

一个自承重的松鼠笼子

接下来我读到，海浪把莱诺尔·博伊德·约翰逊和厄尔·麦凯布下士赤身裸体地冲上圣洛伦佐的海岸后，他们发现当地人的情况比他们还要惨许多倍。圣洛伦佐的人民除了疾病一无所有，而那些疾病别说治疗了，甚至连名字都叫不上来。与他们相比，约翰逊和麦凯布简直是坐拥金山，他们有文化和野心，有好奇和胆识，有傲慢、健康和幽默感，还有关于外部世界的可观知识。

再次引用一首“卡利普索”：

唉，我在这儿发现的，唉唉，
是个非常倒霉的民族。
唉，他们没有音乐，
他们也没有啤酒。
而所有能够栖身的地方，
无论是哪儿，
都属于卡斯尔糖业公司，
或天主教会。

菲利普·卡斯尔证实，对1922年圣洛伦佐财产分布状况的如此描述完全是准确的。说来也巧，创办卡斯尔糖业的正是菲利普·卡斯尔的曾祖父。1922年，岛上每一块可耕种的土地都归卡斯尔糖业公司所有。

“卡斯尔糖业在圣洛伦佐的运营，”小卡斯尔写道，“从未实现过盈利。然而，他们不向劳动者支付任何劳动报酬，因此公司每年都能做到收支平衡，挣的钱刚好够向折磨工人的刽子手支付工资。

“圣洛伦佐有个无政府主义的政府，只有在卡斯尔糖业想拥有某些东西或办理某些事务的有限情况下才会发挥作用。在这种情况下，政体就变成了封建主义。构成贵族阶层的是卡斯尔糖业的种植园的老板，他们是来自外部世界的白人，武器精良。构成骑士阶层的是本地要人，为了一点蝇头小利和愚蠢特权而奉命杀人、伤人、折磨人。普罗大众受困于这个恶魔的松鼠笼子，他们的精神需求由一小撮肥胖的神父解决。

“圣洛伦佐天主教堂被炸毁于1923年，曾被普遍视为新世界最伟大的人造奇迹之一。”

57
令人不安的怪梦

麦凯布下士和约翰逊能够执掌圣洛伦佐的权柄，这在任何意义上都算不上一个奇迹。历史上曾有很多人征服过圣洛伦佐，却总是发现自己的位置坐不牢靠。原因非常简单：智慧无穷的上帝把这个小岛创造得毫无价值。

根据历史记录，第一个徒劳征服圣洛伦佐的是埃尔南·科尔特斯。1519年，科尔特斯率众登岛补充淡水，他为小岛命名，宣布它为查理五世皇帝[1]所有，然后就一去不复返了。后来陆续有探险队来岛上寻找黄金、钻石、红宝石和香料，但都一无所获，只好抓几个本地人当作异端烧死，借此取乐后乘船离开。

“法国在1682年宣布圣洛伦佐为自己所有，”卡斯尔写道，“西班牙人没有提出异议。丹麦人在1699年宣布圣洛伦佐为自己所有，法国人没有提出异议。荷兰人在1704年宣布圣洛伦佐为自己所有，丹麦人没有提出异议。英国人在1706年宣布圣洛伦佐为自己所有，荷兰人没有提出异议。西班牙人在1720年重新宣布圣洛伦佐为自己所有，英国人同样没有提出异议。1786年，一艘英国贩奴船上的非洲黑人夺取了这艘船的控制权，却在圣洛伦佐搁浅，他们宣布圣洛伦佐为一个独立国家——事实上，是由皇帝统治的帝国，西班牙人也没有提出异议。

“这位皇帝名叫图姆-本瓦，有史以来只有他认为这座小岛值得保卫。图姆-本瓦是个躁狂症患者，他兴建了圣洛伦佐大教堂和小岛北岸的坚固工事，现在所谓共和国总统的私人住所就在工事之内。

“工事从没遭受过攻击，也没有任何神志健全的人提出过为什么要攻击它们。它们从没保卫过任何东西。据说有一千四百人死于修建工事，而在这一千四百人之中，半数是因为士气不足而被公开

1 即西班牙国王卡洛斯一世，神圣罗马帝国皇帝。

处决的。”

卡斯尔糖业公司于1916年进入圣洛伦佐，当时正值第一次世界大战的糖业爆发时期。圣洛伦佐不存在任何形式的政府。考虑到飞涨的糖价，卡斯尔糖业公司认为就连圣洛伦佐以黏土和砾石为主的土地都有可能榨取出利润来。没有人提出异议。

麦凯布和约翰逊于1922年来到圣洛伦佐并宣称此处由他们说了算之后，卡斯尔糖业毫无怨言地退却了，就好像从一个令人不安的怪梦中醒来。

58 有差异的暴政

“圣洛伦佐的新征服者至少有一个真正的与众不同之处，”小卡斯尔写道，“麦凯布和约翰逊梦想把圣洛伦佐建成一个乌托邦。为此，麦凯布全面改革了经济制度和法律。约翰逊设计了一种新的宗教。”

卡斯尔再次引用了一首“卡利普索”：

我希望一切的一切
看起来都能有意义，
因此我们都能快乐，

是的，而不是紧张。
而我编造起了谎言，
它们彼此环环相扣，
而这个凄惨的世界
被我变成了天啊堂。

我正读得入神，有人扯了扯我的衣袖。我抬起头。

小牛顿站在我身旁的过道里。“我觉得你也许想去酒吧坐坐，”他说，“喝上几杯小酒。”

于是我们去喝了几杯小酒，牛顿的话多了起来，非要和我说说津卡，也就是他的俄国侏儒舞女女朋友。他告诉我，他们的爱巢就是他父亲在科德角的别墅。

“我也许永远也结不了婚，但至少我已经享受过了蜜月。”

他向我描述他和他的津卡如何彼此拥抱，无所事事地度过一个又一个小时，偎依在费利克斯·赫尼克面对大海的那把白色柳条椅里。

津卡会为他跳舞。“想象一下，一个女人只为我一个人跳舞。”

“看得出你无怨无悔。”

“她伤透了我的心。我当然不可能喜欢。但那是代价。在这个世界上，有得就必定有失。”

他提议我们豪爽地干他一杯。“敬情人和老婆！”他叫道。

59

请系紧安全带

我和牛顿、H. 洛·克罗斯比，还有几个陌生人在酒吧里的时候，圣洛伦佐进入了视线。克罗斯比在聊烦人精："知道我说的'烦人精'是什么吗？"

"我知道这个词，"我说，"但我对它的理解显然和你的理解八竿子也打不到一块儿去。"

克罗斯比喝多了，陷入醉鬼的妄想，以为只要他说得足够动感情，就可以直话直说。于是他动情而坦白地说起了牛顿的个头，在此之前酒吧里还没人提到过这个话题。

"我说的不是他这样的小朋友，"克罗斯比把一只火腿那么大的手搁在牛顿的肩膀上，"一个人是不是烦人精不是由个头决定的，而是由他的思考方式。我见过一些壮汉，他们比这个小朋友高大四倍，却是真正的烦人精。我也见过一些矬子——好吧，不像他这么矮，但老天在上，已经确实非常矮了——而我愿意说他们是真正的男子汉。"

"谢谢。"牛顿愉快地说，甚至没有去看他肩膀上的那只巨手。我从没见过谁能如此坦然面对他这样屈辱的生理残疾。我敬佩得都要打哆嗦了。

"你正在说烦人精呢。"我提醒克罗斯比，希望他能把他沉重的手从牛顿身上拿开。

“没错，我就是。”克罗斯比站直了。

“你还没说烦人精是什么呢。”我说。

“烦人精就是以为自己特别聪明，永远也闭不上嘴巴的那种人。无论别人说什么，他都非要辩上几句。你说你喜欢一样东西，他就非要说你为什么不该喜欢。烦人精会使出浑身解数，让你无时无刻不觉得自己是个傻子。无论你说什么，他都比你更懂。”

“真不是个叫人喜欢的性格。”我接茬儿道。

“我女儿曾经想嫁给一个烦人精。”克罗斯比阴森森地说。

“是吗？”

“我像踩虫子似的弄死了他。”克罗斯比回想起那个烦人精的言行，不禁一拳砸在吧台上。“我的天！”他说，“好像谁没上过大学似的！”他的视线又落在牛顿身上：“你上过大学吗？”

“康奈尔。”牛顿说。

“康奈尔！”克罗斯比愉快地叫道，“上帝啊，我也是康奈尔。”

“他也是。”牛顿朝我点点头。

“三个康奈尔校友，在一架飞机上！”克罗斯比说，于是我们又多了个格兰法隆的节日要庆祝。

闹腾完一阵之后，克罗斯比问牛顿是干什么的。

“玩刷子的。”

“油漆刷？”

“画刷。”

“真是见鬼了。”克罗斯比说。

“请乘客回到自己的座位上，系好安全带。”女乘务员提醒我们，“飞机即将在圣洛伦佐玻利瓦尔的蒙扎诺机场降落。”

“我的天！稍微等一下，”克罗斯比低头盯着牛顿，说，“我突然想起来了，我听到过你这个姓。”

“我父亲是‘原子弹之父’。”牛顿没说费利克斯·赫尼克是原子弹的“父亲”之一，而是单数的“原子弹之父”。

“真的？”克罗斯比问。

“真的。”

“我想到的不是这个。”克罗斯比说。他不得不努力回想：“好像和一个舞女有关。”

“我觉得咱们该回座位上去了。”牛顿说，紧张了起来。

“好像和一个俄国舞女有关。”酒精已经麻痹了克罗斯比的大脑，他不认为把心里想的事情大声说出来有什么不好的，“我记得好像有篇社论说那个舞女可能是间谍。”

“先生们，”女乘务员说，“你们必须回到座位上并系好安全带了。”

牛顿一脸天真地仰望H. 洛·克罗斯比：“你确定是姓赫尼克吗？”为了消除记错名字的最后一丝可能性，他一个字母一个字母地拼给克罗斯比听。

“也许是我弄错了。”H. 洛·克罗斯比说。

60

一个贫困国家

从空中俯瞰，这个小岛呈方形，规则得不可思议。凶恶尖利、毫无用处的礁石在波涛中伸头探脑，在小岛四周围成一圈。

小岛南端是港口城市玻利瓦尔。

玻利瓦尔是全岛唯一的城市，也是圣洛伦佐的首都。

它坐落在一块遍布沼泽的台地上。蒙扎诺机场的跑道位于它滨水的岸边。

山峰在玻利瓦尔以北拔地而起，陡峭的嶙峋怪石环绕小岛其余的土地。它们名叫基督宝血山脉，但在我看来更像一群猪堵在食槽前。

玻利瓦尔有很多名字，其中包括卡兹-玛-卡兹-玛、圣玛利亚、圣路易斯、圣乔治和光荣港。约翰逊和麦凯布于1922年给它起了现在这个名字，旨在纪念西蒙·玻利瓦尔——拉丁美洲伟大的理想主义者和英雄。

约翰逊和麦凯布第一次见到这座城市的时候，建造它的材料是树枝、铁皮、木箱和泥巴，它脚下的窝巢栖息着百亿只快乐的食腐动物，包围窝巢的则是腐臭的沼泽，其中混合了粪便、浮渣和黏液。

我见到的玻利瓦尔差不多还是这个样子，除了海滨用来充门面的那些崭新建筑物。

约翰逊和麦凯布没能从苦难和泥淖中拯救人们。

“爸爸”蒙扎诺也失败了。

所有人都注定失败，因为圣洛伦佐是一块不毛之地，与撒哈拉或极地冰盖不分高下。

另外，圣洛伦佐的人口出奇地稠密，仅次于印度。平均每一平方英里不适合人类居住的土地上都居住着四百五十人。

“在麦凯布和约翰逊重整圣洛伦佐的理想主义时期，他们宣布将把全国的总收入平均分配给所有成年国民，”菲利普·卡斯尔写道，“这个方案只试行过一次，结果每一份只有六美元多点，不到七美元。”

61
一个下士值多少

蒙扎诺机场的海关要求查验所有人的行李，我们打算在圣洛伦佐花的钱全都要兑换成当地货币——下士。“爸爸”蒙扎诺坚持的汇率是一个下士值五十美分。

崭新的海关干干净净，但墙上已经乱糟糟地贴了很多告示。

一张告示说：**圣洛伦佐禁止从事博克侬教活动，一旦发现就钩刑处死。**

另一张告示上配有博克侬的照片，他是个瘦骨嶙峋的老黑人，嘴里叼着一支雪茄，看上去睿智、慈祥而愉快。

照片底下的文字说：**悬赏捉拿，死活不论，奖金一万下士！**

我仔细看了看那张告示，发现最底下是博克依早在1929年填写的警方登记表。复制它并放在告示上，显然是为了把博克依的指纹和笔迹告诉赏金猎人们。

然而吸引了我的注意力的，却是1929年博克依选择了哪些词语填在空格上。只要有可能，他就会从宇宙观的角度考虑问题，例如生命的短暂和永恒的漫长。

他在业余爱好一栏填："活着"。

他在主要职业一栏填："死了"。

另一张告示写着：**这是个基督徒的国家！玩脚将被处以钩刑！**我看不懂这句话，因为当时我还不知道博克依教徒通过把脚底板抵在一起，让他们的灵魂交融。

由于我还没读完菲利普·卡斯尔的书，因此最大的不解之谜莫过于博克依既然是麦凯布下士的至交好友，为什么会成为一名法外狂徒。

62 黑泽尔为什么不害怕

在圣洛伦佐下飞机的一共有七个人：牛顿和安吉拉，明顿大使夫妇，**H.** 洛·克罗斯比夫妇，还有我。清关后，我们被赶到门外，登上检阅台。

面对我们的是非常安静的人群。

五千来个圣洛伦佐人瞪着我们。岛上居民的皮肤是燕麦色，一个个都很瘦。目光所及，见不到哪怕一个胖子。每个人都缺了牙齿。很多人的腿不是罗圈就是肿胀。

没有一双眼睛是透亮的。

女人赤裸着干瘪的乳房。男人的缠腰布几乎遮不住足有落地钟钟摆那么大的阳具。

狗很多，但没有一条敢叫。婴儿也很多，但没有一个敢哭。偶尔有人咳嗽，这就是全部的声音了。

军乐队立正站在人群前，但没有奏乐。

乐队前有个护旗队，他们举着两面国旗，一面是星条旗，另一面是圣洛伦佐的国旗。圣洛伦佐的国旗由海军蓝的背景和海军陆战队下士的臂章组成。没有风，两面国旗没精打采地耷拉着。

我似乎听见鼓槌敲打铜鼓的隆隆响声从远方传来。这个声音并不真的存在。我的灵魂只是在与圣洛伦佐嘈杂而铿锵有力的热浪共鸣。

“还好这是个基督教国家，”黑泽尔·克罗斯比低声对丈夫说，“否则我肯定会有点害怕。”

我们背后有一把木琴。

木琴上有个亮闪闪的牌子，牌子是用石榴石和莱茵石制作的。

牌子上刻着：**蒙娜**。

63

虔诚和自由

检阅台左侧，六架螺旋桨战斗机排成一排，那是美国对圣洛伦佐的军事援助。每架飞机的油箱上都用幼稚的嗜血笔法画着巨蟒正在绞杀魔鬼，魔鬼被缠得七窍流血，长叉从手中滑落。

每架飞机前都站着一个燕麦色皮肤的飞行员，他们同样默不作声。

然后，从庞然的寂静之中飘出了歌声，这歌声像蚊子哼哼似的恼人。一个塞壬正在接近，这个塞壬坐在“爸爸”熠熠生辉的黑色凯迪拉克豪华轿车上。

豪华轿车开到我们面前停下，轮胎冒出青烟。

从车里下来三个人：“爸爸”蒙扎诺、他的养女蒙娜·阿蒙斯·蒙扎诺和弗兰克林·赫尼克。

“爸爸”威严地随便一挥手，人群唱起了圣洛伦佐国歌。国歌用了《牧场上的家》[1]的曲调，歌词写于1922年，作者是莱诺尔·博伊德·约翰逊，也就是博克依。歌词如下：

噢，我们的家是这片土地，

1 美国西部民谣，创作于1872年，被称为美国西部非官方的国歌，1947年被定为堪萨斯州的州歌。

这里的生活奢侈又美好，
男人勇敢无畏就像鲨鱼；
女人纯洁无瑕，
而我们永远确定
我们的孩子会准时规矩。
圣、圣洛伦佐！
多么富饶而幸运的小岛！
我们的敌人望而生畏，
因为他们知道
这里的人民虔诚而自由，
而他们必将失败。

64
和平与富足

唱完，死寂重新笼罩了人群。

“爸爸”带着蒙娜和弗兰克走上我们所在的检阅台。小军鼓为他们的步点伴奏。“爸爸”指了一下鼓手，鼓声戛然而止。

“爸爸”在军服外佩戴着枪套，里面装着一把镀铬的点四五手枪。他是个非常老的老人，我的卡拉斯里有许多成员都是这样的老人。他状态很差。他的步子很小，欠缺轻快的感觉。他依然很胖，但看得出脂肪正在快速燃烧，因为简朴的军服松松垮垮地穿在他身上。他像癞蛤蟆般突出的眼珠是黄色的，双手也在颤抖。

他的贴身保镖是弗兰克林·赫尼克少将，后者身穿雪白的军服。溜肩膀、细胳膊细腿的弗兰克看上去像个孩子，上床时间过了很久还赖着不肯去睡觉。他胸前别着一枚勋章。

我想观察“爸爸”和弗兰克这两个人，但很难集中精神，倒不是因为有人遮挡了我的视线，而是我无法把目光从蒙娜身上移开。我既激动又心碎，既欣喜又痴狂。我对理想女性的所有不切实际的贪婪妄想都在蒙娜身上成为现实。愿上帝怜爱她温暖而饱满的灵魂，她就是和平与富足的永恒化身。

那姑娘只有十八岁，但安详得惊心动魄。她似乎了解天地间可被了解的所有事物。《博克侬之书》对她直呼其名。博克侬多次提到她，其中一句是：“蒙娜掌握了一切的简单本性。”

她身穿白色的希腊式衣裙。
她棕色的玉足穿着平底凉鞋。
她淡金色的头发长且直。
她的臀部犹如七弦竖琴。
我的上帝啊。
她是和平与富足的永恒化身。

她是圣洛伦佐最美丽的姑娘。她是国家的珍宝。按照菲利普·卡斯尔的说法，“爸爸”收养她是为了用神性调和他的严酷统治。

有人把木琴推到检阅台前。蒙娜过去演奏。她演奏的是《当白昼已尽》，从头到尾都是颤音，一时间高涨，继而低吟，随后重新高涨。

美丽迷醉了人群。

接下来轮到“爸爸”接见我们了。

65
造访圣洛伦佐的好时光

“爸爸”自学成才，曾经是麦凯布下士的管家。他从没离开过小岛。他的美国英语算是过得去。

我们每个人在检阅台上的发言都通过高音喇叭播放给人群听，雷霆般的声响犹如末日号角。

从喇叭里传出去的声音穿过人群背后一条短而宽的林荫道，撞在林荫道尽头那三座崭新的玻璃墙面大楼上，支离破碎地反弹回来。

“爸爸”说：“欢迎，你们来到了美国有史以来最好的朋友家里。美国在很多地方遭受误解，但在这里不会，大使先生。”他朝H. 洛 · 克罗斯比微微鞠躬，把自行车生产商当作了新任大使。

“我知道您这里是个美好的国家，总统先生，”克罗斯比说，

“我听到的一切都让我振奋不已。但只有一个小小的问题……”

“是吗？”

“我不是大使，”克罗斯比说，“我也希望我是，但我仅仅是个普普通通的商人。”他痛苦地指出谁才是真正的大使：“这位先生才是我们的大人物。”

“啊哈！”“爸爸”为自己的错误忍俊不禁。但笑容忽然消失了。他体内的某种疼痛让他龇牙咧嘴，继而让他弯下腰，闭上眼睛——他必须集中精神，才能熬过这阵剧痛。

弗兰克·赫尼克连忙过来，用他无力的臂膀搀扶“爸爸”：“你还好吗？”

“不好意思。”“爸爸”稍微站直了一点，最终轻声说。他眼睛里含着泪水。他擦掉眼泪，完全站直，道：“请原谅。”

他一时间似乎不知道自己身处何方和他应该做什么。然后他想了起来。他握住霍利克·明顿的手：“来到这里，你就在朋友们之中了。”

“我敢肯定。”明顿温和地说。

“基督徒。”“爸爸”说。

“很好。”

“你选了个非常好的时间来到这里，”“爸爸”说，“明天将是我们国家历史上最快乐的一天。明天将是我们最重要的全国节日，一百民主烈士纪念日。明天同时也将是赫尼克少将与蒙娜·阿蒙斯·蒙扎诺订婚的日子，他将迎娶我和圣洛伦佐的生命中最宝贵的人。”

“那我就祝你幸福了，蒙扎诺小姐，”明顿热情地说，“也恭喜你，赫尼克将军。”

两个年轻人用点头表示感谢。

明顿开始赞颂所谓的一百民主烈士，他撒了个弥天大谎：“美国的学校里没有哪个孩子不知道圣洛伦佐在第二次世界大战中做出崇高牺牲的故事。明天就是那一百个勇敢的圣洛伦佐人的纪念日了，他们献出了一个热爱和平的人能献出的一切。美国总统请我代表他出席明天的纪念仪式，向大海投一个花环，以此表达美国人民对圣洛伦佐人民的敬意。”

“圣洛伦佐的人们感谢你和贵国总统，也感谢慷慨的美国人民对我们的关心，”“爸爸”说，“假如你愿意在明天的订婚仪式上把花环投入大海，那我们将感到不胜荣幸。”

“是我深感荣幸才对。”

“爸爸”要我们全都赏光参加明天的投花环仪式和订婚宴会，我们应该在正午时分抵达他的宫殿。

“这两个年轻人会生出什么样的孩子啊？！”“爸爸”说，请我们欣赏弗兰克和蒙娜的模样，“什么样的血统？！什么样的美貌？！”

剧痛再次袭来。

他再次闭上眼睛，蜷缩起来躲避剧痛。

他等待剧痛过去，但它不肯离开。

他痛苦地转过去面对人群和麦克风。他想朝人群打个手势，但抬不起手。他想对人群说些什么，但开不了口。

他好不容易才挤出几个字。“回家，”他挣扎着喊道，“回家吧！”

人群像落叶般散去。

“爸爸”转回来面对我们，依然疼得面目狰狞……

然后他倒下了。

66

最强大的东西

他没死。

但看上去真的像死了；除了看似死亡的僵硬身体偶尔会颤抖着抽搐一下。

弗兰克大声澄清说“爸爸”没死，他不可能死。他疯狂地大叫：“‘爸爸’！你不能死！不能死啊！”

弗兰克松开“爸爸”的衣领和军服，揉搓他的手腕：“让他透透气！让‘爸爸’透透气！”

战斗机飞行员跑过来帮助我们。其中一个还算有脑子，跑去叫机场的救护车了。

乐队和护旗队没有得到任何命令，只能继续颤巍巍地立正。

我望向蒙娜，发现她依然安详，已经退到了检阅台的栏杆前。死亡（假如真的会死人）没有让她惊慌。

一名飞行员站在她身旁。他没有看她，但他额头冒汗，满脸放光，我归咎于他离蒙娜太近了。

“爸爸”恢复了些许神志。他抬起一只抖得像笼中鸟似的手，指着弗兰克说：“你……”

我们全都沉默下来，等着听他的遗言。

他的嘴唇在动，但我们只听见了喉咙里冒出来的咯咯声。

有人想到了一个在当时似乎绝妙的点子，但回想起来实在是骇人听闻。一个人（我记得是个飞行员）从支架上拿起麦克风，举到“爸爸”发出咯咯声的嘴唇前，希望能放大他说话的声音。

于是濒死的呼吸声和痉挛中发出的各种怪异气音回荡在崭新的建筑物之间。

然后终于有了清晰的字词。

“你，”他用暗哑的嗓门儿对弗兰克说，“你，弗兰克林·赫尼克，由你担任圣洛伦佐的下一任总统。科学，你有科学。科学是最强大的东西。”

“科学，”“爸爸”说，“冰。”他黄色的眼珠往上一翻，再次失去了知觉。

我望向蒙娜。

她的表情没有改变。

但她身旁的飞行员却像是正在接受国会荣誉勋章，表情僵硬，既像是紧张症发作，又像是陷入了狂喜。

我向下望去，看见了我不该看见的一幕。

蒙娜脱掉了凉鞋，棕色的小脚裸露着。

她正在用这只脚揉搓——没完没了地揉搓，淫荡下流地揉搓——飞行员靴子的脚背。

67

呵-呜-呜克-库！

“爸爸”没有死——当时没有死。

机场的红色大救护车把他运走了。

一辆美国的豪华轿车送明顿夫妇去大使馆。

一辆圣洛伦佐的豪华轿车送牛顿和安吉拉去弗兰克家。

圣洛伦佐唯一的出租车送克罗斯比夫妇和我去卡萨蒙娜大酒店，这是一辆1939年产的克莱斯勒豪华轿车，带车外的露天加座，外形酷似灵车。车身上刷着卡斯尔交运公司的名字。出租车的老板是菲利普·卡斯尔，他也是卡萨蒙娜的业主，我要访问的正是他父亲，那位绝对无私的慈善家。

克罗斯比夫妇和我都心神不宁。我们的惊恐化作问题，必须立刻得到解答。克罗斯比夫妇想知道博克侬是谁。想到竟然会有人反对“爸爸”蒙扎诺，两个人都生出了巨大的反感。

而我的疑问与此毫无关系，我发觉我必须立刻搞清楚那一百位民主烈士是什么人。

克罗斯比夫妇的问题首先得到解答。他们听不懂圣洛伦佐方言，我只好为他们翻译。克罗斯比问司机的问题很简单："这个叫博克侬的烦人精到底是谁？"

"非常坏的人。"司机答道。他实际上的发音是："灰常瓦个宁。"

"他有追随者吗？"克罗斯比听完我的翻译就问。

"什么？"

"有人觉得他说得对吗？"

"哦，不，先生，"司机假惺惺地说，"没人那么疯狂。"

"他为什么一直没落网？"克罗斯比追问。

"很难找到他，"司机说，"他非常狡猾。"

"嗯，肯定有人窝藏他，给他饭吃，否则他早就落网了。"

"没人窝藏他，没人给他饭吃。我们都太狡猾，知道不该这么做。"

"你确定？"

"嗯，确定，"司机说，"谁敢给那个疯狂的老头子饭吃，谁敢给他一个睡觉的地方，就会被挂在钩子上。没人想被挂上钩子。"

他把最后这个词念成："呵–呜–呜克–库。"

68

一百民主烈士

我问司机一百民主烈士都是什么人。我注意到我们所行驶的这条路就叫一百民主烈士大道。

司机说，珍珠港遭受袭击后不到一个小时，圣洛伦佐就向德国和日本宣战了。

圣洛伦佐征募了一百名士兵去为民主而战斗。这一百人上了一艘驶向美国的船，将会在美国领取武器和接受训练。

船刚开出玻利瓦尔港口，就被一艘德国潜艇击沉了。

“他们，先生，”他用方言说，“就是一百民主烈士。”

69

一幅巨大的镶嵌画

克罗斯比夫妇和我是新酒店的第一批客人，这番经历不可谓不离奇。我们率先在卡萨蒙娜的登记册上签下了名字。

克罗斯比夫妇先走到前台，但完全空白的登记册吓住了H.洛·克罗斯比，他无法鼓起勇气在上面签字。他必须缓一缓才行。

“你来签吧。”他对我说。为了不让我觉得他迷信，他声称他想去给一个人拍张照片，那个人正在大堂新铺的灰泥墙面上拼合一幅巨大的镶嵌画。

镶嵌画里是蒙娜·阿蒙斯·蒙扎诺的肖像，高达二十英尺。正在拼镶嵌画的是个肌肉发达的年轻人。他坐在梯子的顶上，只穿了一条白色帆布裤。

他是白人。

这位镶嵌画家正在用金屑绘制蒙娜优美脖颈上的汗毛。

克罗斯比走过去给他拍照，回来时声称他从没见过这么烦人的烦人精。克罗斯比说话时面颊涨成了番茄酱的颜色："无论你和他说什么，他都非要反过来戗你两句。"

于是我走到镶嵌画家脚下，看了一会儿，然后说："我嫉妒你。"

"我早知道，"他叹息道，"只要我等得足够久，就肯定会有人来嫉妒我。我总是对自己说，你要有耐心，迟早会有个嫉妒成性的人来找你。"

"你是美国人吗？"

"倒是有这个荣幸。"他继续作画，完全不在乎我长什么样子，"你也想拍我的照片？"

"你介意吗？"

"我思，故我在，故可拍照。"

"可惜我没带照相机。"

"唉，我的天哪，还不快去拿？你不会是那种信任自己记性的人吧？"

“我认为我永远不会忘记你很快就要画到的那张脸了。”

“等你死了就会忘记的，我也一样。等我死了，我会忘记一切。我劝你也这么做。”

“她是为这幅画当过模特，还是你参考了照片或什么？”

“我参考的是什么。”

“什么？”

“我参考的就是这个什么。”他用手指点了点太阳穴，“全都在我这个令人嫉妒的脑袋里呢。”

“你认识她？”

“那是我的荣幸。”

“弗兰克·赫尼克非常幸运。”

“弗兰克·赫尼克狗屁不如。”

“你显然很坦诚。”

“我还很有钱。”

“很高兴听你这么说。”

“想听一个专业人士的看法吗？金钱未必总会让人快乐。”

“谢谢你的提点。你省去了我很多的麻烦呢。我正想给自己挣笔小钱。”

“怎么挣？”

“靠写作。”

“我写过一本书。”

“叫什么？”

“《圣洛伦佐：其土，其史，其民》。”他答道。

70

博克依的教导

“所以要是我没弄错，”我对镶嵌画家说，“你就是菲利普·卡斯尔，朱利安·卡斯尔的儿子。”

“那是我的荣幸。”

“我来是为了见你父亲。”

“你是卖阿司匹林的？”

“不是。”

“真可惜。家父的阿司匹林不够了。奇迹药呢？家父喜欢隔三岔五搞个奇迹出来玩玩。”

“我不是卖药的，而是码字的。”

“你凭什么认为码字的不能卖药？”

“有道理，是我不对，我认错。”

“家父需要能读给即将去世或正在经受痛苦折磨的病患听的书。我猜你写的不是那种书。”

“还没写过。”

“再给你一个有价值的提示，我觉得写这种书有钱挣。”

“我看我可以把诗篇第二十三篇[1]拆开，前后稍微调换一下，这样就没人能看出来不是我写的了。”

1 《圣经》中最著名的篇章之一，即“我虽行过死荫的幽谷”一篇，常用于葬礼。

“博克侬试过把它改头换面，”他说，“却发现他连一个字都没法改。”

“你也认识他？”

“那是我的荣幸。他是我小时候的家庭教师。”他饱含深情地朝镶嵌画打个手势，“他也是蒙娜的家庭教师。”

“他这个教师做得好吗？”

“蒙娜和我都能读会写和做简单的加法，”卡斯尔说，“但你问的不是这个吧？”

71

身为美国人的快乐

H. 洛・克罗斯比走过来，再次尝试和烦人精卡斯尔搭话。

“你管自己叫什么？”克罗斯比轻蔑地说，“披头族还是什么？”

“我管自己叫博克侬教徒。”

“在这个国家是违法的，对吧？”

“我碰巧很荣幸地是个美国人，因此只要我愿意，我随时都可以说我是博克侬教徒，总之到目前为止，还没人来找过我的麻烦。”

“我认为无论来到哪个国家，都应该遵守当地的法律。”

“能说点什么新鲜的吗？”

克罗斯比气得面无血色：“滚你的吧，小崽子！”

“滚你的吧，大崽子。”卡斯尔淡然道，“也滚你的吧，母亲节和圣诞节。”

克罗斯比怒气冲冲地穿过大堂，对前台的接待员说：“我要投诉那个烦人精，所谓的艺术家。你们这儿是个美丽的小国家，想要吸引游客和外来投资。但他居然用那种态度和我说话，我可再也不想见到圣洛伦佐了。要是有朋友问我圣洛伦佐怎么样，我会说你他妈千万别去。你们墙上也许会多一幅漂亮的画，但老天在上，作画的那个人却是我这辈子见过的最会侮辱人、最让人丧气的龟孙子。”

接待员的脸色很难看：“先生……”

“我听着呢。”克罗斯比怒气冲天地说。

“先生——他是酒店的老板。”

72
烦人精希尔顿

H. 洛·克罗斯比夫妇从卡萨蒙娜退房了。克罗斯比管这儿叫“烦人精希尔顿”，他去求美国大使馆要了个容身之处。

于是我成了这家拥有一百间客房的酒店里唯一的客人。

我的房间相当舒适。它和其他所有的房间一样，也面对一百民主烈士大道、蒙扎诺机场和玻利瓦尔港。卡萨蒙娜被造得像个书柜，有着坚固的侧面和背面，正面是蓝绿色的玻璃。肮脏和穷困的城区都位于卡萨蒙娜的两侧和背后，因此根本看不见。

我的房间有空调，甚至有点冷。从铁锤般的热浪中忽然来到凉飕飕的地方，我忍不住打起了喷嚏。

床头柜上摆着鲜花，然而床还没铺过，甚至连个枕头都没有，光秃秃的，只有一个崭新的床垫。衣柜里没有衣架，卫生间里也没有厕纸。

于是我离开房间，想去看看走廊里有没有服务员能帮我补充一下物资。走廊里空无一人，但走廊尽头有一扇门开着，隐约能听见活人的响动。

我走到这扇门的门口，发现里面是个宽敞的套房，铺满了罩布。房间正在粉刷，不过我出现的时候，两个油漆工并没有在干活儿。落地窗的那面墙边有个等长的架子，他们就坐在架子上。

两个人都脱掉了鞋，他们闭着眼睛，面对面坐在那儿。

他们把光脚的脚底抵在一起。

两个人抓着各自的脚腕，身体弯成僵直的三角形。

我清了清喉咙。

两个人翻身跳下架子，落在溅着油漆的罩布上。他们双手双膝着地，保持这个姿势不动，屁股撅在半空中，鼻子贴近地面。

他们在等待被处死。

“对不起。”我说，我看呆了。

“别说出去，”一个油漆工哀怨地恳求道，“求求你，别说出去。”

“说什么？”

“说你看见了什么！”

“我什么都没看见。”

“要是你说出去，”他说着，把面颊贴在地上，哀求地仰望我，“要是你说出去，我们就会死在铁钩上。”

“我说，朋友们，”我说，“不管我是来得太早还是太晚，但我重复一遍，我没看见任何值得告诉别人的事情。行了，快起来吧。”

他们爬起来，依然盯着我。他们瑟瑟发抖，畏畏缩缩。我好不容易才说服他们相信我不会把我见到的东西告诉任何人。

当然了，我见到的正是博克依教的博克-马鲁仪式，又称觉知混合仪式。

我们博克依教徒相信你可以和另一个人对脚底，但你不一定非要爱对方，需要的仅仅是两个人的脚都很干净，而且保养得足够好。

对脚仪式的根据是这首“卡利普索”：

我们的脚会彼此触碰，对，
是的，哪怕是死也要触碰，
我们会爱彼此，对，
是的，就像我们爱地球母亲。

73

黑死病

我回到自己的房间里，发现菲利普·卡斯尔——镶嵌画家、历史学家、自编索引者、烦人精和酒店老板——正在卫生间里装卷筒纸。

“非常感谢。”我说。

“用不着客气。”

“这就是我说的用心做服务的酒店。有几个酒店老板会直接关心客人住得舒不舒服？”

“你见过几个老板的酒店只招待一个客人？”

“你本来有三个的。”

“好汉不提当年勇。”

“说起来，也许是我太唐突了，但我觉得很难理解，一个有你这样志趣和天赋的人，怎么会响应酒店业的召唤呢？”

他困惑地皱起眉头：“我对客人似乎还不够体贴，是这样吗？”

“我在康奈尔大学的酒店管理学院认识几个人，我忍不住觉得他们对待克罗斯比夫妇的态度也许会不太一样。”

他不快地点点头。“我知道，我知道。”他甩了甩胳膊。“要是我知道我为什么造这个酒店就好了——我猜肯定和我的人生有什么关系。我想找些事情干，免得感到寂寞。”他摇摇头，“要么当隐士，要么开酒店，不存在折中的出路。”

“你是在你父亲的医院长大的，对吧？”

“没错。我和蒙娜都是在那儿长大的。”

“嗯，你难道就一点也不想效仿你父亲，像他那样度过你的人生吗？”

小卡斯尔无力地笑了笑，没有直接回答我。“我父亲啊，他是个很有意思的人，”他说，“我猜你会喜欢他的。”

“我想也是。世上像他那么无私的人可不多见。”

“有一次，”卡斯尔说，“我十五岁的时候，一艘从中国香港运送柳编家具去哈瓦那的船开到这附近，船员突然哗变了。哗变的船员占领了船，但不知道该怎么开船，结果船在离‘爸爸’蒙扎诺的城堡不远处触礁了。人全都淹死了，只有老鼠活了下来。老鼠和柳编家具一起被冲上了岸。”

故事似乎说完了，但我不敢确定：“然后呢？”

“然后有些人捡到了免费的家具，而有些人感染了腺鼠疫。十天之内，一千四百人在我父亲的医院里死去。你见过死于腺鼠疫的人吗？”

“我没福分享受这样的荣幸。”

“腹股沟和腋窝的淋巴腺会肿得像葡萄柚那么大。”

“我完全可以相信。”

“人死以后，尸体会变成黑色——在圣洛伦佐这儿呢，就是黑得像运往纽卡斯尔的煤块。瘟疫横扫小岛的时候，丛林里的希望与慈悲之家简直就是奥斯威辛或布痕瓦尔德。死人堆得像小山，推土机把尸体往万人坑里铲，连开都开不动。我父亲忙得连觉都顾不上睡，但也没救回来几条命。”

我房间里的电话响了，打断了卡斯尔可怕的故事。

“我的天，”卡斯尔说，“我都不知道电话已经接通了。”

我拿起听筒：“哪位？”

电话是弗兰克林·赫尼克少将打来的。他听上去呼吸困难，吓得魂不附体：“听着！你必须立刻来我家。咱们必须谈一谈。这有可能是你这辈子最重要的事情。”

“能说说是怎么一回事吗？”

“不能在电话上，电话上不能说。快来我家。立刻就来！求你了！”

“好的。”

“我不是在开玩笑。真的是你这辈子最重要的事情。是有史以来最重要的事情。”他挂断了。

“什么事？”卡斯尔问。

“我完全没听懂。弗兰克·赫尼克想立刻见我。”

“不着急，慢慢来。他是个白痴。”

“他说事情很重要。”

“他怎么知道重不重要？老子用香蕉都能雕个比他更像样的人出来。”

“好吧，先说完你的故事。”

“说到哪儿了？”

“腺鼠疫。埋尸体的推土机都开不动了。”

“哦，对。总之，一天夜里我睡不着，去陪我父亲熬夜。我们能做的仅仅是找个还活着的病人，看看能给点什么治疗。但我们看了一张又一张病床，见到的全是死人。”

“然后我父亲开始咯咯笑。”卡斯尔继续道。

“他笑得停不下来。他拿着手电筒走到外面的黑夜里，但还在咯咯笑。他用手电筒乱照堆在外面的尸体。他抬起手摸我的脑袋，你知道这位伟人对我说了什么吗？”卡斯尔问。

“不知道。”

“‘儿子啊，’我父亲对我说，‘有朝一日，这一切都会属于你。’”

74
猫的摇篮

圣洛伦佐唯一的出租车送我去弗兰克家。

我们经过一幕又一幕骇人的匮乏景象。车爬上麦凯布山的山坡。气温逐渐变得凉爽。车窗外雾气弥漫。

弗兰克家曾经是内斯特·阿蒙斯的家，他是蒙娜的生父，建造了丛林里的希望与慈悲之家。

这座屋子是阿蒙斯设计的。

它横跨一道瀑布，悬臂支撑的露台伸进瀑布升腾的水雾。精巧的格架由非常轻的钢柱和钢梁构成。格架之间的空隙各不相同，镶嵌着本地产的釉面石块或用成块的帆布遮盖。

就视觉效果而言，这屋子不像一个挡风遮雨的地方，更像是宣告有个人曾经在这儿实现过他的异想天开。

一个仆人彬彬有礼地迎接我，说弗兰克还没到家，但随时都有可能回来。弗兰克留下的命令是尽量让我过得舒服和快乐，要招待我吃晚饭和过夜。这位仆人自称他叫斯坦利，是我在圣洛伦佐见到的第一个胖子。

斯坦利领我去我的房间；他带我绕过屋子的中心，走下楼梯，楼梯上铺着未经琢磨的石块，方形钢架的护栏时而有，时而无。我的床是一块泡沫橡胶垫，底下照例是未经琢磨的石块。我房间的墙上挂着一块块帆布。斯坦利教我怎么把帆布卷起来和放下去，具体是卷是放全看我的心情。

我问斯坦利家里有没有其他人，他说只有牛顿在家，正在悬臂露台上作画。安吉拉去丛林里的希望与慈悲之家观光了。

我来到横跨瀑布、让人胆寒的露台上，发现小牛顿躺在一把黄色蝶形椅里睡觉。

牛顿正在画的那幅画摆在铝合金栏杆前的画架上。水雾氤氲的天空、大海和山谷就是画框。

牛顿的画很小，黑乎乎、脏兮兮的。

构成这幅画的是许多道厚涂的黑色划痕。这些划痕织成了某种蛛网，我不由觉得这黏糊糊的罗网也许就是人类的徒劳挣扎，晾在一个无星无月的夜里等待风干。

我没有叫醒创作出如此可怕画面的侏儒。我抽了支烟，在水声中想象人说话的声音。

底下远处突然响起的爆炸声唤醒了小牛顿。巨响在山谷中回荡，飘向浩渺的天空。弗兰克的管家告诉我，那门炮在玻利瓦尔的海岸边，每天五点都会打响。

小牛顿翻了个身。

他依然鼻息粗重，被颜料染成黑色的双手捂住嘴和下巴，留下了几道黑色的污迹。他揉了揉眼睛，也在眼睛周围留下了黑色的污迹。

“你好。”他睡眼惺忪地对我说。

“你好，”我说，“我喜欢你的画。”

“看出来画的是什么了吗？”

“我觉得不同的人会看出不同的意思来。”

“是猫的摇篮。”

“啊哈，”我说，“非常好。所以划痕是绳子，对吧？”

“猫的摇篮，现存最古老的游戏之一。连因纽特人都会玩。”

“不是吧？”

“十几万年以来，成年人一直在织绳扣给孩子看。”

“嗯。”

牛顿依然蜷缩在椅子里。他伸出被颜料涂黑的双手，就好像手指之间穿着一个猫的摇篮：“难怪孩子们长大了要发疯。猫的摇篮只是其他人双手之间的一堆X，孩子盯着这些X看了又看，看了又看……”

“然后？”

“他妈的没有猫，也他妈的没有摇篮。”

75

替我向阿尔贝特·施韦泽问好

这时，牛顿的瘦麻秆姐姐安吉拉·赫尼克·康纳斯和朱利安·卡斯尔一起来了，后者是菲利普的父亲，也是丛林里的希望与慈悲之家的创办者。卡斯尔穿一身宽松的白色亚麻正装，打一条细领带。他留着乱蓬蓬的胡子，光头，骨瘦如柴。我觉得他是个圣人。

他在悬臂露台上向我和牛顿做自我介绍。他说话时声音从嘴角飘出来，活像电影里的黑帮，他有可能是圣人的一切迹象随即烟消云散。

“按照我的理解，您是阿尔贝特·施韦泽的追随者。”我对他说。

“遥望他的背影……”他发出罪犯的那种嗤笑声，“从没见过那位先生。”

“他肯定知道你的功绩，就像你也知道他的。”

“也许吧。你见过他吗？”

“没有。”

“希望见到他吗？”

“也许有一天会见到的。”

“好吧，”朱利安·卡斯尔说，“万一你不小心在路上碰到了他，记得替我带个话：他不是我的榜样。”他点了支大雪茄。

等雪茄稳定地烧了起来，他用红通通的那一头指着我。“你可以告诉他，他不是我的榜样，”他说，“你还可以告诉他，多亏了他，耶稣基督是我的榜样。”

“我觉得他一定会很高兴听你这么说的。”

“我才不在乎他高不高兴呢。那是耶稣和我之间的事情。”

76

朱利安·卡斯尔赞同牛顿的看法，一切都毫无意义

朱利安·卡斯尔和安吉拉走过去看牛顿的画。卡斯尔弯曲食指，眯起眼睛，从手指做成的圆孔里端详那幅画。

“你怎么看？”我问他。

“黑乎乎的。画的是什么——地狱？”

“你觉得是什么就是什么。”牛顿说。

“那就是地狱了。”卡斯尔没好气地说。

“刚才他还说这是猫的摇篮。”我说。

“内部消息永远靠得住。”卡斯尔说。

“我觉得不怎么好看，”安吉拉唱反调道，“我觉得很难看，

但我对现代艺术一窍不通。有时候我希望牛顿能去上上课，这样他就会知道他画得好不好了。”

“你是自学的？”朱利安·卡斯尔问牛顿。

“谁不是呢？”牛顿反问道。

“答得好，非常好。”卡斯尔怀着敬意道。

我开始解释猫的摇篮的深层含义，因为牛顿似乎不愿老调重弹再说一遍了。

而卡斯尔像是听懂了，他点点头：“所以你画的就是无意义性本身。我不可能更加赞同了。”

“你真的赞同吗？”我问，“一分钟之前你还在说耶稣什么的呢。”

“哪个耶稣？”卡斯尔说。

“耶稣基督那个耶稣？”

“哦，”卡斯尔说，“他啊。”他耸耸肩：“人嘛，总是要说点什么的，只是为了保持声门正常工作而已，这样等他们真的想到什么特别有意义的话了，就会有个好用的声门可用。”

“我懂了。”看来我要费些周折才能拿他写一篇受人欢迎的文章了。我必须集中笔力写他圣人般的行迹，完全无视他疯狂变态的胡言乱语。

“你可以引用我的话，”他说，“‘人是坏的，没做过任何值得做的事情，不知道任何值得了解的东西’。”

他弯腰，握住小牛顿被颜料染黑的手：“对吧？”

小牛顿点点头，一时间似乎怀疑这话用在这儿是不是有点夸张了：“对。”

圣人于是走到画架前，拿起牛顿的画。他朝在场所有人粲然一笑：“垃圾——就像其他的一切。”

说完，他把画扔下了悬臂露台。它随着上行气流向外飞，停顿片刻，然后像飞去来器一样转回来，一头扎进了瀑布。

小牛顿自然无话可说。

安吉拉首先开口：“亲爱的，你把颜料弄得满脸都是。去洗一洗吧。”

77

阿司匹林和博克-马鲁

“说起来，医生，”我对朱利安·卡斯尔说，“‘爸爸’蒙扎诺这个人怎么样？”

“我怎么知道？”

“我以为你应该在为他治病。”

“但我们并不交谈……”卡斯尔微笑道，“更确切地说，他不和我说话。他最后一次和我说话是三年前，说的是我之所以还没上铁钩，唯一的原因就是我的美国人身份。”

“你怎么冒犯他了？你来到这儿，用你自己的钱开办医院，为他的人民治病，而且还不要钱……”

"'爸爸'不喜欢我们医治完整个人的方式，"卡斯尔说，"尤其是即将去世的完整个人。在丛林里的希望与慈悲之家，我们会对需要的人施行博克依教的临终仪式。"

"仪式是什么样的？"

"非常简单。从一问一答地读经开始。你想回答吗？"

"不好意思，我现在离去世还没那么近呢。"

他对我使个阴险的眼色："你这么谨慎就很明智。接受临终仪式的人会根据提示走向死亡。不过呢，只要不碰脚，我觉得是可以不让你一条路走到底的。"

"碰脚？"

他告诉我博克依教徒对脚的看法。

"这就解释了我在酒店里见到的情景。"我向他描述那两个油漆工如何坐在架子上对脚。

"说起来，真的有用，"他说，"这么做的人真的会更爱彼此和整个世界。"

"哦。"

"博克-马鲁。"

"什么？"

"脚的这整个仪式就叫博克-马鲁，"卡斯尔说，"真的有用。我喜欢真的有用的东西。真的有用的东西并不多，你知道的。"

"我看也是。"

"要是没有阿司匹林和博克-马鲁，我就不可能把我那家医院开到今天了。"

“看来，”我说，“岛上还是有几个博克依教徒的，尽管法律禁止，尽管有铁钩……”

他大笑：“你还没转过弯来吗？”

“什么弯？”

“虽说有钩刑，但圣洛伦佐的每一个人都是虔诚的博克依教徒。”

78

铁桶

“多年前，博克依和麦凯布接管这个倒霉的国家之后，”朱利安·卡斯尔说，“把传教士赶了出去。然后博克依像开玩笑似的，以愤世嫉俗的态度创造了一个新的宗教。”

“我知道。”我说。

“嗯，后来他们发现，无论政府和经济怎么改革，都不可能让人民活得不是那么凄惨，于是宗教就成了给人以希望的唯一工具。真相是人民的仇敌，因为真相太可怕了。因此博克依给自己安排了一个任务，那就是向人民提供越来越美丽的谎言。”

“那他怎么会变成了逃犯呢？”

“是他自己的主意。他请麦凯布宣布他为逃犯，他的宗教为非法，这样就能让人民的宗教生活更加刺激和有激情了。说起来，他还就此写了一首小诗呢。”

卡斯尔引用了这首《博克依之书》没有收录的小诗：

于是我和政府说了拜拜，
而我给出我的理由：
一个真正好的宗教
就是一种形式的背叛。

“钩刑也是博克依出的主意，说这样的惩罚正适合博克依教徒。”他说，“这是他在杜莎夫人蜡像馆恐怖厅里看来的。”他使了个可怕的眼神：“这也是为了增加激情。”

“死在铁钩上的人多吗？”

“刚开始不多，真的不多。刚开始只是为了装样子。关于处决的流言被偷偷摸摸地传来传去，但没人知道有谁真的死在铁钩上。有段时间，麦凯布用血淋淋的刑罚威胁博克依教徒，其实就是所有人，他玩得非常开心。

“而博克依舒舒服服地躲在丛林里，”卡斯尔继续道，“每天从早到晚写作和宣教，吃信徒拿来的好东西。

“麦凯布会组织起无业游民，其实也还是所有人，举行盛大的追杀博克依活动。

“每隔六个月，麦凯布就会得意扬扬地宣布博克依已经被围在铁桶阵里了，而包围圈正在无情地逐步缩小。

“然后无情的包围圈的领头人会来见麦凯布，一脸懊悔和震怒地报告说博克侬做出了不可思议的事情。

“他逃掉了，原地蒸发了，活下去继续传教了。奇迹！”

79
麦凯布的灵魂为何腐化

“麦凯布和博克侬没能把生活水平提高到一般认为的尚可水平，”卡斯尔说，“事实上，本地人和以前一样短命，生活还是那么野蛮和卑贱。

“但现在人们不是非要去在乎可怕的真相了。活生生的传奇故事正在上演，城里是个残酷的暴君，森林里有个温和的圣人，因此人民的快乐也与日俱增。他们都变成了全职演员，出演一部所有人都心照不宣的大戏，无论你生活在哪儿，只要你是人类的一员，都能看懂这部戏并为之鼓掌。”

“于是生活就变成了艺术作品。”我感叹道。

“对。但只有一个问题。”

“嗯？”

“这部戏对麦凯布和博克侬这两个主角的灵魂非常残酷。年轻的时候，他们很像，都一半是天使，一半是海盗。

“但剧情要求磨灭博克侬的海盗那一半和麦凯布的天使那一半。为了人民的快乐，麦凯布和博克侬付出了惨痛的代价——麦凯布，他知道扮演暴君的痛苦；而博克依，他知道扮演圣人的痛苦。两个人事实上都发疯了。”

卡斯尔弯曲左手的食指：“然后，真的有人开始死于钩刑。”

“但博克依一直没被抓住？”我问。

“麦凯布终究没那么疯狂。他没有真的投入力量去抓博克依。抓他其实易如反掌。”

“他为什么不抓博克依？”

“麦凯布一直到死，头脑也还算清醒，明白要是没有圣人供他开战，他就会变得毫无意义。‘爸爸’蒙扎诺也理解这一点。”

“还有人死在铁钩上吗？”

“必死无疑，没有例外。”

“我是说，”我说，“‘爸爸’真的这么处决罪犯吗？”

“他每隔一两年就会处决一次，怎么说呢，只是为了不让火灭掉。”他叹了口气，仰望傍晚将至的天空，“转啊转啊转个不停。”

“什么？”

“这是我们博克依教徒的口头禅，”他说，“每次感觉到神秘莫测的事情正在发生，我们就会这么说。”

“你？”我惊呼，“你也是博克依教徒？”

他冷冷地看着我：“你也是。你会知道的。”

80

瀑布粗滤网

安吉拉和牛顿、朱利安·卡斯尔和我，我们四个人在悬臂露台上喝鸡尾酒，弗兰克依然音讯全无。

我发现安吉拉和牛顿都很能喝。卡斯尔告诉我，他当花花公子的那些日子害得他丢了一个肾，因此尽管一万个不愿意，但现在他只能喝喝姜汁汽水了。

几杯酒下肚，安吉拉开始抱怨这个世界如何诓骗她的父亲：“他付出了那么多，得到的却那么少。”

我请她举例说明这个世界到底是怎么个小气法，最好能说说具体的数字。“他的研究每申请到一项专利，通用铸造与锻造公司就会给他四十五块钱。”她说，“公司里所有人的专利奖金都是这个数。”她哀伤地摇摇头：“四十五块钱——但你想一想那些专利都是干什么的啊！”

“呃，”我说，“我猜他还有一份工资吧？”

“他薪水最高的时候每年也只有两万八。”

“我觉得这已经很高了。”

她气得七窍生烟：“你知道电影明星挣多少吗？”

“很多很多——有时候。”

“你知道布里德博士的年薪比我父亲高一万块吗？”

“确实不公平。”

“我受够了不公平。”

她的嗓门儿变得尖厉，我连忙改变话题。我问朱利安·卡斯尔，他觉得被他扔下瀑布的那幅画会飘到哪儿去。

“底下有个小村子，”他对我说，“其实就是五六个，顶多十个窝棚。说来有趣，‘爸爸’蒙扎诺刚好就是在那儿出生的。瀑布的水流进那儿的一个大石潭。

“石潭有个缺口，水流出去汇入一条河。村民用铁丝做了个网，架在那个缺口上。”

“所以你认为牛顿的画已经在网里了？”我问。

“这个国家很穷——你应该已经注意到了，”卡斯尔说，“任何东西都不会在网里停留太久。我猜牛顿的画这会儿正在太阳底下晾着呢，旁边就是我的雪茄烟头。四平方英尺[1]上过胶的帆布、画框那四根斜接的印花木条，还有几根钉子，再加上一截雪茄。对一个穷人来说，这是一笔相当可观的收入。”

“有时候想到某些人挣了那么多钱，而我父亲的收入是那么微薄，但他又付出了那么多，”安吉拉说，“我就忍不住要尖叫。”她离号啕大哭只差一步了。

“别哭。”牛顿温柔地请求她。

“有时候我就是忍不住。”她说。

“去拿你的单簧管，”牛顿建议道，“吹一曲总能让你平静下来。”

---

1 英制面积单位，1平方英尺约等于0.09平方米。——编者注

刚开始我以为牛顿是在哄姐姐开心，然而看着安吉拉的反应，我意识到他的建议既认真又实际。

“要是我情绪上来了，”她对卡斯尔和我说，“有时候只有这个能让我平静下来。”

但她不好意思立刻去拿单簧管。我们不得不再三恳求她表演一下，而她不得不又喝了两杯壮胆。

“她真的很厉害。”小牛顿信誓旦旦地说。

“我太想听你演奏了。”卡斯尔说。

“好吧，”安吉拉终于晃晃悠悠地站了起来，说，“好吧——那我就勉为其难了。”

等她走出能听见我们说话的范围，牛顿替她道歉：“她过得很不顺，需要放松一下。”

“是生病了吗？”我问。

“她丈夫对她非常不好。”牛顿告诉我们他到底多么痛恨安吉拉英俊年轻的丈夫，混得风生水起的哈里森·C. 康纳斯，织技公司的总裁，“他几乎不着家，就算偶尔回来，也总是喝得醉醺醺的，浑身都是口红印。”

“看她说话的样子，”我说，“我还以为他们的婚姻很美满呢。”

小牛顿把双手分开六英寸左右，伸直手指：“看见猫了吗？看见摇篮了吗？”

81

卧车行李员之子的白色新娘

我不知道安吉拉能从单簧管里吹出什么来。没人能想象她的单簧管能吹出什么样的曲调。

我猜会有些病态，但我没想到那病态之美会如此令人难以承受，会拥有如此的深度和强度。

安吉拉润湿吹口，含在嘴里预热了一下，但没有试着吹响任何一个音符。她眼神恍惚，瘦骨嶙峋的细长手指无声地在按键上跳动。

我等得心焦，想到马文·布里德告诉过我，安吉拉与父亲的生活单调而凄苦，她唯一的逃避方式就是躲进自己的房间，锁上门，跟着唱片吹单簧管。

牛顿走进连接露台的房间，在落地唱机上播放黑胶唱片。他拿着唱片封套回来，递给我看。

唱片名叫《猫舍钢琴》，是米德·勒克斯·刘易斯的无伴奏钢琴独奏。

为了加深入神的程度，安吉拉让刘易斯演奏第一首曲子，没有加入合奏，于是我读了读封套上对刘易斯的介绍文案。

“刘易斯先生于1905年出生于肯塔基州路易斯维尔，”我读道，“直到十六岁生日过后才对音乐产生兴趣，而他父亲给他的乐器是小提琴。一年后，刘易斯在偶然间听到吉米·扬西演奏钢琴。按照刘易斯的回忆：‘这才是真家伙。’很快，刘易斯自学了布基伍基钢琴，吸收了先辈扬西的所有养分，后者在去世前一直是刘易斯先生的密友和偶像。由于他父亲是一名卧车行李员，刘易斯一家住在铁路附近。火车的节奏对刘易斯来说是一种天然的旋律，他创作的布基伍基独奏曲成为这个类型的经典作品，也就是著名的《下等酒吧火车布鲁斯》。”

读完，我抬起头。唱片的第一首曲子已经结束。唱针缓缓地穿过两首曲子之间的空白，走向第二首曲子。唱片封套说，第二首曲子名叫《龙布鲁斯》。

米德·勒克斯·刘易斯独奏了四个音节，安吉拉·赫尼克开始合奏。

她闭着眼睛。

我目瞪口呆。

她堪称伟大。

她围绕卧车行李员之子的音乐即兴演奏，从流畅的抒情到刺耳的放纵，从受惊孩童的胆怯尖叫到吸食海洛因成瘾的噩梦。

她用滑音讲述天堂与地狱以及两者之间的一切。

这么一个女人演奏出这样的音乐，她不是精神分裂就是恶魔附体。

我的汗毛根根竖起，就好像安吉拉在地上打滚儿，口吐白沫，用流利的巴比伦语胡说八道。

一曲奏罢，我对同样听得无法动弹的朱利安·卡斯尔叫道：“我的上帝啊！生活，谁敢说他理解了哪怕短短的一分钟？”

“别多想，”他说，“假装明白就好。”

“这……这是个非常好的建议。”我两腿发软。

卡斯尔又引用了一首诗：

> 老虎要狩猎，
> 鸟要飞翔；
> 人要坐下思索：“为什么啊，为什么？”
> 老虎要睡觉，
> 鸟要落下；
> 人要告诉自己，他明白了。

“哪儿来的？”我问。

“还能是哪儿？当然是《博克侬之书》了。”

“我很想搞一本看看。”

“很难找到成书，”卡斯尔说，“不是印刷的，而是人手抄的。而且也不存在完整版，因为博克侬每天都在增添新的内容。”

小牛顿嗤之以鼻：“宗教！”

“宗教怎么了？”卡斯尔说。

“看见猫了吗？”牛顿问，“看见摇篮了吗？”

82
扎-玛-基-波

弗兰克林·赫尼克少将没回家吃晚饭。

他打来电话，不找其他人，而是坚持要和我说话。他告诉我，他正在给“爸爸”送终，而“爸爸”正在巨大的痛苦中死去。弗兰克听上去既害怕又孤独。

“呃，”我说，“不如我先回酒店吧，晚些时候等危机解除，咱们再碰头好好聊聊？”

“不，不，别走。你就待在那儿！我要你待在我能去找到你的地方！”想到我有可能溜出他的掌心，他惊恐了起来。而我无法解释他为什么对我感兴趣，因此也跟着惊恐了起来。

“能说说你到底为什么想见我吗？”我问。

“不能在电话上说。”

“和你父亲有关？”

“和你有关。”

“我做的某些事情？”

“你将要做的某些事情。”

我在弗兰克那头的背景声中听见了母鸡的咯咯叫声。我听见有人开门，然后是木琴的声音从某个房间飘出来。演奏的依然是《当白昼已尽》。然后那扇门关上，我不再能听见音乐声了。

“要是你能给个小小的提示，让我知道你希望我做什么，那我会感激不尽的——这样我也能稍微准备一下嘛。”我说。

“扎-玛-基-波。”

“什么？”

“这是个博克依教的说法。”

“但博克依教的说法我连一个都不懂。”

“朱利安·卡斯尔在吗？”

“在。”

“去问他，”弗兰克说，“我得挂电话了。”电话断了。

于是我去问朱利安·卡斯尔，扎-玛-基-波究竟是什么意思。

“你想要什么样的答案，是简单的，还是完整的？”

“先说说简单的吧。”

“命运，无法避免的宿命。”

83

施利希特·冯·柯尼希斯瓦尔德医生达到盈亏平衡点

吃晚饭的时候，我告诉朱利安·卡斯尔，“爸爸”正在痛苦中死去，他说：“癌症。”

“什么癌？”

“从头到脚。你说他今天在检阅台上倒下了？”

“没错。”安吉拉说。

“那是药物的作用，”卡斯尔解释道，“他现在的状态是药物和痛苦刚好彼此平衡。加大药物的用量就会杀死他。”

“换了是我，我肯定会自杀。”牛顿嘟囔道。他坐在可折叠的高脚椅上，这把椅子由铝合金管和帆布制成，他出门在外时会随身携带。“比坐在字典、地图册和电话黄页上强。”他打开椅子的时候这么说。

“麦凯布下士就是这么干的，”卡斯尔说，“他指定由管家继承他的职位，然后开枪打死了自己。”

“也是癌症吗？”我问。

“我不确定，但我认为不是。没完没了地扮演反派耗尽了他的精神——不过这是我的猜测，那毕竟是我来之前发生的事情了。”

“真是个令人愉快的话题啊！”安吉拉说。

“我猜所有人都会同意，这些都是令人愉快的时候。”卡斯尔说。

“哎，”我对他说，“要我说，考虑到你这一生中做出的成就，你比绝大多数人都有理由能感到愉快。”

“说起来，我还曾经有一艘游艇呢。”

“我不明白你的意思。”

“拥有游艇也是能比绝大多数人感到愉快的理由。”

“既然你不是‘爸爸’的医生，”我说，“那他的医生是谁？”

“我的一名手下，施利希特·冯·柯尼希斯瓦尔德医生。”

“德国人？”

“应该吧。他在纳粹冲锋队干了十四年，其中六年在奥斯威辛集中营当医生。”

“所以他来丛林里的希望与慈悲之家是为了赎罪？”

“对，”卡斯尔说，“而且成就斐然，到处救死扶伤。”

“真是不错。”

“是啊。按照他目前的这个效率，夜以继日地工作，干到3010年，他救的人命就能和被他送上死路的人命一样多了。”

于是我的卡拉斯又多了一名成员：施利希特·冯·柯尼希斯瓦尔德医生。

84

大断电

晚饭过后三个小时，弗兰克还是没回来。朱利安·卡斯尔告退，回丛林里的希望与慈悲之家去了。

安吉拉、牛顿和我坐在悬臂露台上。玻利瓦尔的灯火在我们脚下铺成一幅美景。蒙扎诺机场办公楼的顶上有个巨大的发光十字架。它由马达驱动，缓缓转动，电能把虔诚送往罗盘的各个方向。

岛上还有另外几个灯火通明的地方，位于我们的北面。山挡住了视线，因此我们无法直接看到它们，但能在天空中看见那几团光亮。我问弗兰克·赫尼克的管家斯坦利，那些光亮的源头都是哪儿。

他逆时针指给我看：“丛林里的希望与慈悲之家、‘爸爸’的宫殿和耶稣堡。”

“耶稣堡？”

“我国士兵的训练营。”

“以耶稣基督命名？”

“没错。难道不行吗？”

北方又多了一团迅速移动的光亮。我还没来得及问那是什么，它就现出了真容：车头灯翻过山脊，朝着我们而来。这些车头灯属于一个车队。

车队由五辆美国制造的军用卡车组成。车头顶上固定着机枪。

车队开到弗兰克家的车道上停下。士兵们跳下车，立刻忙碌起来，有的挖散兵坑，有的筑机枪掩体。我和弗兰克的管家一起看向窗户外，问带头的军官这是在干什么。

“我们受命来保护圣洛伦佐的下一任总统。”军官用圣洛伦佐方言答道。

“他还没回来呢。”我告诉他。

“这我就不知道了，”他说，“我收到的命令是来这儿挖坑。我只知道这个。”

我把情况告诉安吉拉和牛顿。

“你认为会遇到真正的危险吗？”安吉拉问我。

“我也是今天才来的啊。”我说。

话音刚落，断电了。圣洛伦佐所有的电灯都随之熄灭。

85

一坨福麻

弗兰克家的仆人给我们拿来了油灯，他们说断电在圣洛伦佐是家常便饭，完全没必要紧张。然而我很难卸下心中的不安，因为弗兰克提到了我的扎–玛–基–波。

他让我觉得，我就像一头被送进芝加哥屠宰场的猪，我的自由意志也和外部世界没有任何关系。

我再次想到伊利昂的石雕天使。

我听着士兵在外面忙碌，听着他们叮叮咣咣地干活儿，嘀嘀咕咕地抱怨。

尽管安吉拉和牛顿说到了一个相当有意思的话题，但我无法集中精神听他们在说什么。他们告诉我，他们的父亲有个同卵双胞胎。他们没见过他，他名叫鲁道夫。最后一次听说他的消息时，他在瑞士苏黎世生活，是一名音乐盒生产商。

“父亲几乎从不提到他。”安吉拉说。

“父亲几乎从不提到任何人。”牛顿澄清道。

他们说，老头子还有个妹妹。她叫西莉亚，在纽约的谢尔特岛养了一群巨型雪纳瑞。

“她每年都会寄圣诞卡来。”安吉拉说。

“上面永远有一张雪纳瑞的照片。”小牛顿说。

“人在不同的家庭里真的会变得完全不一样啊。”安吉拉感叹道。

“说得好，确实如此。”我附和道。我向两位酩酊大醉的同伴告退，问管家斯坦利，家里会不会凑巧有一本《博克侬之书》。

斯坦利假装不知道我在说什么，然后嘟囔着说《博克侬之书》充满污秽，然后坚称读这本书的人都该死在铁钩上，然后他从弗兰克床头拿了一本给我。

这本书沉甸甸的，尺寸和一整本字典差不多，而且是手抄的。我拿着它回到卧室，投向粗石上的那块橡胶垫。

书里没有索引，因此难以找到提及“扎-玛-基-波”的地方，事实上，那天晚上我根本没找到。

虽说我了解了一些教义，但恐怕都没什么用处。举例来说，我了解了博克侬教的宇宙观，波拉西西（也就是太阳）把帕布（也就是月亮）抱在怀中，希望帕布能给他生一个火性的孩子。

但可怜的帕布，她生下来的孩子都冷冰冰的，燃不起半点火星，于是波拉西西嫌恶地抛弃了他们。他们就是行星，隔着一段安全的距离，围绕他们可怕的父亲运转。

然后可怜的帕布本人也被抛弃了，她去和她最喜欢的孩子（也就是地球）住在一起。帕布之所以最喜欢地球，是因为地球上有人；人们一抬头就能看见她、爱她，也同情她。

博克侬对他自己的宇宙观有什么看法呢？

“福麻！谎话！”他写道，“一坨福麻！”

86

两个小保温杯

很难想象我居然能睡着，但我肯定睡着了，因为要是我没睡着，怎么会被一连串的砰砰声和强烈的光线惊醒呢？

第一声砰然巨响传来的时候，我一骨碌从床上起来，奔向屋子的正中心，有勇无谋的狂热劲头像极了义务消防员。

我发现我迎面撞上了牛顿和安吉拉，他们也从自己的床上逃了出来。

我们三个登时站住，不好意思地分析起了周围那恐怖的声音是什么，确定它们分别来自收音机、电动洗碗机和水泵——由于供电恢复，机器都恢复了运转。

我们三个都完全清醒了，觉得我们的处境其实很可笑，觉得对于这么一个看似生死攸关但实则不然的局面，我们的应对方式都有人性得可笑。然后，仅仅为了表示我能控制我莫测的命运，我去关掉了收音机。

我们三个哧哧笑了一阵。

为了找补，我们三个争先恐后地当起了人性最伟大的研究者、幽默感最充足的一个人。

牛顿反应最快，他指出我手里拿着护照、钱夹和手表。我不知道我为什么会在死神面前抓起这些东西，我甚至不知道我拿了任何东西。

我愉快地反唇相讥，问安吉拉和牛顿他们俩为什么都拿着小保温杯，他们的保温杯一模一样，都是红色与灰色的小玩意儿，能装三杯咖啡。

他们也都是才知道自己拿着什么。两个人看着各自手里的保温杯，都惊呆了。

外面又是一阵砰砰声，省去了他们思考该怎么解释的工夫。我非要搞清楚这砰砰声是什么不可。我硬着头皮出去——和先前的惊恐一样毫无道理——发现弗兰克·赫尼克正在鼓捣一台车载发电机。

发电机是供电的新来源。驱动发电机的汽油马达在逆火和冒烟。弗兰克正在手忙脚乱地修理它。

他身旁是天使般的蒙娜。她望着弗兰克，神情一如既往地严肃。

“哥们儿，我有消息要告诉你！”他朝我喊道，领着我回到了屋子里。

安吉拉和牛顿依然在会客室里，但已经把古怪的保温杯藏了起来，我不知道他们是怎么做到的，也不知道保温杯去了哪儿。

当然了，这两个保温杯里装的正是费利克斯·赫尼克博士的遗产的一部分，也就是我的卡拉斯的万彼得的一部分：九号冰的碎片。

弗兰克把我拉到一旁：“你有多清醒？”

“能有多清醒就有多清醒。”

“我希望你真的非常清醒，因为我们必须现在就谈一谈。”

“那就开始谈吧。”

“咱们找个能说话的地方。”弗兰克对蒙娜说她可以自便，“我们需要你了会叫你的。”

我望着蒙娜，整个人都在融化，我觉得我不可能像想拥有她那样想拥有任何人。

87

我的堂堂仪表

关于这位弗兰克林·赫尼克，他是个瘦长脸的年轻人，说话的音调和自信心都让人想起卡祖笛。我在军队里听说过一个说法，某某人说起话来就好像直肠是纸糊的。赫尼克少将就是这么一个人。可怜的弗兰克，他几乎没有和任何人交谈的经验，童年时过得鬼鬼祟祟，素有特工X–9之称。

这会儿，他希望他能表现得诚恳而善于言辞，对我说着各种空洞的废话，例如“我喜欢你堂堂的仪表”，又例如“我想和你推心置腹，像男人和男人那样谈一谈”。

他领我下楼，走向他所谓的“据点”，为的是我们可以“直来直去，不需要考虑那么多”。

于是我们走下在山崖中凿出来的台阶，钻进位于瀑布背后的天然洞穴。这儿摆着两张制图桌、三把只有骨架的白色北欧风格椅子和一个书柜，书柜里全是建筑学书籍，语言包括德语、法语、芬兰语、意大利语和英语。

照亮洞穴的是电灯，灯光随着发电机的喘息节奏而忽明忽暗。

洞穴里最惊人的东西莫过于石壁上的绘画了，笔法像幼儿园习作那么大胆，颜料是原始人使用的黏土、泥土和木炭。我不需要问弗兰克这些洞穴壁画有多么久远。我能从作画的题材判断它们的年代。它们画的不是猛犸象、剑齿虎或勃起的穴居熊。

所有的画都只有一个主题，那就是年幼时的蒙娜·阿蒙斯·蒙扎诺。

“这是……这是蒙娜父亲的工作室？”我问。

“没错。他就是设计了丛林里的希望与慈悲之家的芬兰人。”

“这我知道。”

“我带你下来不是为了谈这个。”

“那是为了谈什么？和你父亲有关吗？”

“不，和你有关。”弗兰克抬起手，按着我的肩膀，直视我的眼睛。他看得我心里发慌。弗兰克的本意是想激起同志情谊，但他的脑袋活像一只怪模怪样的小猫头鹰，蹲在一根高高的白色木柱上，被强光照得看不见东西。

“你最好还是直话直说吧。”

“兜圈子是没有意义的，”他说，“允许我自吹自擂一句，我这人很会判断性格，而我喜欢你堂堂的仪表。”

“谢谢。”

“我认为你和我肯定非常合得来。”

“毫无疑问。”

“咱们俩肯定能够互相交融。”

他总算从我肩膀上拿开了他的手，我不禁松了一口气。他把两只手的手指像齿轮似的交织在一起。我猜其中一只手代表他，另一只手代表我。

“咱们需要彼此。”他晃动手指，向我演示齿轮的工作原理。

我沉默了一阵，但表情还是友好的。

“你明白我的意思了吗？”弗兰克最终问。

“你和我——咱们要一起做些什么？”

“没错！”弗兰克猛拍巴掌，“你见过世面，习惯于面对公众；而我是个技术型的人，习惯于幕后工作，让事情运转起来。”

“你怎么可能知道我是个什么样的人？咱们才刚刚认识。”

“你的衣着，你的言谈举止。”他的手又放在了我的肩膀上，“我喜欢你堂堂的仪表！”

“你说过了。”

弗兰克怀着巨大的热忱，发疯般地期待我说完他的想法，但我依然摸不着头脑：“我该怎么理解呢……你是想给我安排一份什么工作吗？在圣洛伦佐？”

他猛拍巴掌，喜出望外：“没错！年薪十万美元，你说怎么样？”

“我的好老天！”我叫道，“我要干什么才能挣这么多钱？”

“事实上，什么都不需要干。而且每天晚上都可以用金杯喝酒，用金碗吃饭，拥有一整座宫殿。”

“到底是什么工作？”

“圣洛伦佐共和国的总统。”

88

弗兰克为什么不能当总统

“我？总统？”我惊呼。

“这儿难道还有别人吗？”

“你发疯了！”

“别急着下结论，你先仔细想一想再说。”弗兰克焦急地看着我。

“没门儿！”

“你还没仔细想清楚呢。”

“够清楚了，知道你是在发疯。”

弗兰克又用手指比画齿轮：“咱们可以合作。我会一直在背后支持你的。”

“很好。我在前面吃枪子儿，你在背后也躲不过。”

“吃枪子儿？”

“遇刺！暗杀！”

弗兰克大惑不解：“为什么会有人朝你开枪？”

“这样他就可以当总统了。”

弗兰克使劲摇头。“圣洛伦佐没人想当总统，”他向我保证，“这违反他们的宗教。”

“也违反你的宗教吗？我以为下一任总统就是你。”

“我……”他说，然后就说不下去了。他一脸痛苦。

“你怎么了？”我问。

他转向洞口的水帘。“按照我的理解，所谓成熟，”他对我说，“就是知道你自己的局限性。”

他对成熟的定义与博克依的相差不远。“成熟，”博克依告诉我们，“是一种痛苦的失望，不可能得到弥补，除非你坚持认为笑能弥补一切。”

“我知道我的局限性，”弗兰克继续道，“其实和我父亲的是一样的。”

“是吗？”

“我有很多好主意，就像我父亲那样，”弗兰克对我和瀑布说，“但他不擅长和大众打交道，我也是。”

89
达福尔

“你愿意接下这份工作吗？”弗兰克焦急地问我。

“不愿意。”我答道。

“那你知道有谁也许会愿意吗？”弗兰克正在完美地演示博克依所谓的达福尔。在博克依教的信徒看来，所谓达福尔，就是把千百万人的命运放在一个斯图帕的手中。斯图帕是个稀里糊涂的孩子。

我大笑。

“有什么好笑的吗？”

“我笑的时候你别理我就行了，”我恳求他，“我在这方面是个臭名昭著的变态。”

“你在嘲笑我吗？”

我摇摇头：“不是。”

“你发誓？”

“我发誓。”

“人们总是取笑我。”

“肯定是你的想象。”

“他们经常朝我喊叫一些难听的话。那可不是我的想象。”

“有时候，人会不自觉地做刻薄的事情。”我安慰他道。至于这个，我就没法向他发誓保证了。

“你知道他们叫我什么吗？”

“不知道。”

“他们会对我喊：‘喂，X–9，你这是要去哪儿？’”

“好像没什么恶意嘛。”

“他们以前就这么叫我，”弗兰克陷入阴郁的回忆，“‘秘密特工X–9’。”

我没说我早就知道了。

“‘你这是要去哪儿，X–9？’”弗兰克重复道。

我想象当初嘲笑他的都是什么样的人，想象命运最终驱赶他们去了什么地方。朝着弗兰克喊叫的那些机灵鬼，如今多半都堕入了生不如死的工作地狱，不是在通用铸造与锻造公司，就是在伊利昂电力与照明公司或者电话公司……

而老天在上，秘密特工X-9却来到了这儿，成为一名少将，提议我当国家元首……更别说这儿还是个藏在热带瀑布背后的洞穴了。

“要是我真的停下，告诉他们我去哪儿，他们肯定会大吃一惊的。”

“你是说你早就预见到了你会来这儿？”这是个博克侬式的问题。

“我去杰克的玩具店。”他说，没有意识到这么说很煞风景。

“哦。”

“他们都知道我要去那儿，但没人知道我去那儿干什么。要是他们知道了究竟在发生什么，肯定会大吃一惊的，尤其是女孩子。姑娘们觉得我对女性一无所知。”

“所以究竟在发生什么？”

“我每天都在睡杰克的老婆。所以我上高中的时候才会总是打瞌睡。所以我才一直没有发挥出我全部的潜力。”

他从肮脏的回忆中醒来：“求你了。你来当圣洛伦佐的总统吧。按照你的这个性格，一定会干得很出色的。如何？”

90
只有一个陷阱

那一夜的时光、洞穴、瀑布——还有伊利昂的石雕天使……

还有二十五万支香烟和三千夸脱烈酒，还有两个老婆和没有老婆……

还有任何地方都没有爱人等着我……

还有代笔码字工的倦怠生活……

还有月亮帕布和太阳波拉西西，还有他们的孩子……

所有东西合谋，构成了一个无所不包的温-迪特，朝着博克侬教狠狠地推了我一把，促使我相信神在摆布我的生活，他有事情要我去做。

于是，我的内心撒拢[1]了，也就是说，我默许了似乎是我的温-迪特在要我去做的事情。

我的内心答应了担任圣洛伦佐的下一任总统。

但在表面上，我依然警惕和怀疑。“肯定有什么陷阱。”我开始兜圈子。

“没有。”

“要举行选举？”

“这儿从不选举。我们直接宣布新总统是谁。”

1 《博克侬之书》中的宗教名词。——编者注

“没人会反对？”

“没人反对任何事情。民众不感兴趣，也不在乎。”

“肯定有什么陷阱！”

“好吧，算是有一个。”弗兰克承认道。

“我就知道！”我开始逃避我的温-迪特，“是什么？是什么陷阱？”

“呃，其实也不是真正的陷阱，因为要是你不愿意，也不是非做不可。但这似乎是个好主意。”

“给我听听你这个了不起的主意。”

“好吧，假如你要当总统，那我认为你就应该和蒙娜结婚。但要是你不愿意，也不是非要和她结婚。这事你说了算。”

“她愿意嫁给我？”

“既然她愿意嫁给我，那就会愿意嫁给你。你只需要问她一声就行。”

“她有什么理由要答应呢？”

“《博克侬之书》预言她会嫁给圣洛伦佐的下一任总统。”弗兰克说。

91

蒙娜

弗兰克把蒙娜领进她父亲的洞穴，留下我和她两个人独处。

刚开始，我们都不知道该说什么才好。我很害羞。

她的睡袍又薄又透。她的睡袍是天蓝色的。这件睡袍款式简单，只在腰间用一根纱带轻轻系住，此外所有的高低起伏都是由蒙娜的身体决定的。她的胸部像两个石榴，或者你愿意怎么形容都行，但最相似的还是一个年轻女人的胸部。

她赤着脚，指甲经过精心修剪。她聊胜于无的凉鞋是金色的。

“你……你好吗？”我问。我的心脏怦怦乱跳，血液在我耳朵里沸腾。

“犯错是不可能的。”她安慰我道。

我不知道博克侬教徒遇到生性羞怯的人时是不是都会这么打招呼。因此，我的回应是热烈地和她探讨起了到底有没有可能犯错。

“我的天，你都没法想象我已经犯了多少错。你眼前的这个人，就是世界犯错冠军。”我脱口而出，怎么都停不下来，“你知道弗兰克刚刚和我说了什么吗？”

“关于我吗？”

“关于一切，但尤其是关于你。”

“他说只要你愿意，就可以和我结婚。”

“对。”

"这是真的。"

"我……我……我……"

"怎么了？"

"我不知道该说什么好。"

"博克-马鲁会有用的。"她提示我。

"什么？"

"你脱掉鞋子。"她命令我。她脱掉凉鞋，动作优雅得无以复加。

我这人见过世面。根据我某次做过的统计，我曾经睡过五十三个以上的女人。我可以说我见过女人以有可能做到的一切方式脱衣服。我观赏过这最后一幕开幕形式的所有变化。

然而，这个女人仅仅是脱掉凉鞋，我就已经看得不由自主地呻吟起来了。

我连忙开始解鞋带。没有哪个新郎有可能比我更笨手笨脚的了。我脱掉了一只鞋，却把另一只鞋的鞋带打成了死结。我在这个死结上弄断了大拇指的指甲，最后干脆不解鞋带了，直接把鞋硬扯下来了事。

然后我脱掉袜子。

蒙娜已经坐在地上了，她伸直双腿，她圆润的手臂伸到背后，支撑身体，她向后仰起头，闭上双眼。

现在轮到我主动了，我即将完成我人生中的第一次——第一次——第一次，天啊……

博克-马鲁。

92

诗人庆祝他的第一次博克-马鲁

以下不是博克依写的，而是我的作品。

甜蜜的幽灵啊，
不可见的浓雾是……
我是——
我的灵魂——
相思的孤独幽灵，
孤独的一个人：
能遇到另一个甜蜜的灵魂吗？
我早已
建议害病的你
前往两个灵魂
有可能相遇的地点。
我的脚底，我的脚底！
我的灵魂，我的灵魂，
去那里吧，
甜蜜的灵魂；
接受亲吻吧。
呜呜嗯嗯。

93

我如何险些失去我的蒙娜

“现在是不是觉得更容易开口了？”蒙娜问我。

“感觉就像我一千年前就认识了你。”我坦白道。我想哭：“我爱你，蒙娜。”

“我爱你。”她回答得很简单。

“弗兰克真是个大傻瓜！”

“嗯？”

“他居然会放弃你。”

“他并不爱我。他娶我只是因为‘爸爸’要他娶我。他爱的是另一个人。”

“谁？”

“他在伊利昂认识的一个女人。”

那个幸运的女人，肯定是杰克玩具店的老板娘。我问蒙娜：“他告诉你的？”

“就是今天晚上，他放我自由，让我和你结婚的时候。”

“蒙娜？”

“嗯？”

“你……你还有其他人吗？”

她被问住了。“很多。”她最终说。

“你爱的人？”

“我爱每一个人。”

“和……和爱我一样深？”

“对。”她似乎不明白这会给我带来烦恼。

我从地上爬起来，坐进一把椅子，重新穿上鞋袜。

“我猜你——你和其他人也做过——咱们刚刚做的事情？”

“博克-马鲁？”

“博克-马鲁。”

“当然。”

“从现在开始，我不许你和其他人做了。”我正色道。

泪水充满了她的双眼。她喜爱乱交。我企图让她感到羞耻，她因此而气恼：“我让人们快乐。爱是好的，不是坏的。”

“作为你的丈夫，我想拥有你全部的爱。”

她瞪大眼睛看着我：“一个辛-瓦特！”

“那是什么？”

“一个辛-瓦特！”她叫道，“就是一个想占有别人全部的爱的男人，非常坏。”

“就婚姻而言，我觉得这非常好。也是唯一的做法。”

她依然坐在地上，而我已经穿好鞋袜，站了起来。我觉得我非常高大，尽管我的个头并不高大；我觉得我非常强壮，尽管我的体魄并不强壮；我觉得我的声音既可敬又陌生。我的声音里前所未有地多了一种斩钉截铁的权威感。

随着我继续用这种铿锵有力的声音说话，我明白了正在发生什么——不，已经发生了什么。我已经开始统治了。

我告诉蒙娜，我来到圣洛伦佐后不久，就在检阅台上见过她和一名飞行员搞某种垂直的博克-马鲁。“你不能再和他有任何来往了，”我命令她，“他叫什么？”

“我都不知道。”她低声说，垂着眼睛不看我。

“那菲利普·卡斯尔呢？”

“你是说博克-马鲁？”

“我是说任何关系、一切关系。要是我没弄错，你和他是一起长大的。”

“对。”

“博克侬是你们俩的家庭教师？”

“对。”回忆让她再次绽放笑容。

“我猜那时候你们一定没少博克-马鲁吧。”

“嗯，对！”她高兴地说。

“你再也不能见他了。听懂了吗？”

“不。”

“不？”

“我不会嫁给一个辛-瓦特的。”她站起来，“再见。”

“再见？”我觉得像是天崩地裂了。

“博克侬教导我们，不一视同仁地爱所有人是非常错误的。你的宗教怎么说？”

“我……我不信宗教。”

“但我信。”

我的统治已经结束了。“我注意到了。”我说。

“再见，不信宗教的男人。”她走向石阶。

“蒙娜……”

她停下了：“怎么？”

“要是我愿意，能皈依你的宗教吗？”

“当然能。”

“我愿意。”

“很好。我爱你。”

“我也爱你。”我叹息道。

94 最高峰

就这样，我在破晓时分和全世界最美丽的女人订了婚，也同意了担任圣洛伦佐的下一任总统。

“爸爸”还没去世，弗兰克认为只要有可能，我就应该去争取“爸爸”的祝福。就这样，在太阳波拉西西升起的时候，弗兰克和我从保护下一任总统的卫队中征用了一辆吉普车，开着它前往“爸爸”的城堡。

蒙娜留在弗兰克家。我神圣地亲吻她，她去睡她神圣的觉了。

弗兰克和我翻山越岭，穿过野生咖啡树的丛林，辉煌的日出位于我们右侧。

正是在这朝阳中，我见到了岛上的最高峰麦凯布山犹如巨鲸的巍峨仪容。这是个令人畏惧的庞然大物，就像一条蓝鲸，顶峰是耸立在山脊上的一块嶙峋怪石。换算成鲸鱼的比例，这块怪石约等于一支捕鲸叉的断桩，而且似乎与麦凯布山本身格格不入，于是我问那东西是不是人造的。

他说那是自然形成的。不但如此，他还声称据他所知，没有任何人爬上过麦凯布山的峰顶。

“看上去并不难爬嘛。”我说。除了山顶的巨石，这座山似乎并不比县政府门前的台阶更令人望而生畏。而怪石本身也遍布斜坡和横脊，至少从远处望去似乎并不难爬。

“是个什么圣地吗？”我问。

“也许曾经是。但自从有了博克侬之后就不可能了。”

“那为什么没人爬上去过？”

“一直没人想爬呗。”

“也许我会去试试看。”

“悉听尊便。没人会拦你。”

我们在沉默中向前开。

“对博克侬教的信徒来说，有什么是神圣的吗？”我过了一会儿问他。

“据我所知，连神都不是。”

“真的没有？”

“只有一样东西。”

我乱猜道：“大海？太阳？”

“人，”弗兰克说，“就是人。没别的了。”

95
亲眼见到铁钩

我们终于抵达了城堡。

它黑乎乎的，低矮而凶恶。

古老的加农炮依然踞伏在城垛上。藤蔓和鸟巢塞满了垛口、堞眼和射击孔。

城堡北面的挡墙连着一道陡坡，陡坡所在的悬崖直落六百英尺，通向温暖的海水。

所有类似的石头堆都构成了一个疑问，这座城堡也不例外：渺小的人类是如何移动这么巨大的石块的？另外，与所有类似的石头堆一样，这个疑问本身就是它的答案。是愚蠢和恐惧移动了这么巨大的石块。

城堡是按照图姆-本瓦的意愿建造的，圣洛伦佐的这个皇帝是逃奴，也是疯子。据说设计图是图姆-本瓦在一本儿童图画书里找到的。

肯定是一本让人恶心的坏书。

就在我们开到王宫大门口之前，车辙带着我们穿过了一道乡土气息浓厚的拱门，它由两根电线杆和一根横梁搭成。

悬在横梁中央的是个巨大的铁钩。铁钩上挂着一块牌子。

牌子上写着：“**此铁钩为博克依本人预留。**”

我扭头又看了一眼铁钩，那个锐利的铁家伙告诉我，我真的要统治这个岛国了。我一定会砍掉这个铁钩的！

然后我给自己打气，我一定会成为一个果决、公正和仁慈的统治者，我的国家必将繁荣昌盛。

法塔·莫甘娜。

海市蜃楼！

96

摇铃、书和帽盒里的鸡

弗兰克和我没能立刻见到“爸爸”。负责照看他的施利希特·冯·柯尼希斯瓦尔德医生说我们必须等半小时左右。

于是弗兰克和我在“爸爸”套房的前厅等待。这个房间没有窗户，面积约为三十平方英尺，摆着几把粗糙的长椅和一张牌桌。牌桌上有一台电扇。墙壁是石板砌成的。墙上没挂照片，也没有任何形式的装饰。

墙上在七英尺的高度固定着一些铁环，彼此相距六英尺左右。我问弗兰克这个房间以前是不是拷问室。

他说是的，我脚下就是水牢的盖子。

前厅里有个没精打采的卫兵，还有一名基督教的牧师，负责在“爸爸”产生灵性需求的时候提供相应服务。他有一个黄铜的餐桌摇铃、一个打了些窟窿的帽盒、一本《圣经》和一把屠宰刀——全都摆在他身旁的长椅上。

他说帽盒里有一只活鸡。他说鸡很安静，因为他喂鸡吃了镇定药。

和所有年过二十五的圣洛伦佐人一样，他看上去至少六十岁了。他说他是沃克斯·休曼纳博士，名字来自管风琴的音栓[1]，1923年圣洛伦佐大教堂被炸毁时，这个音栓击中了他母亲。他毫无羞愧之色地说，他不知道他父亲是谁。

我问他代表的是基督教的哪个宗派，我坦白地说，就我对基督教信仰的了解而言，活鸡和屠宰刀无论对哪个宗派来说都是闻所未闻的新鲜事物。

“摇铃，”我又说，“我倒是完全能理解摇铃是干什么的。”

结果我发现他是个有智慧的人。他邀请我检验他的博士证书，颁发学位的是阿肯色州小石城的西半球圣经大学。他告诉我，他通过《大众机械》杂志上的分类广告联系上了这所大学。他说这所学校的校训也成了他的座右铭，它解释了为什么会有活鸡和屠宰刀。校训是这么说的：

让宗教活起来！

1　沃克斯·休曼纳是Vox Humana的音译，是管风琴中模仿人声的音栓的名称。

他说他必须在基督教信仰方面自己摸索道路，因为天主教和新教连同博克侬教一起被宣布为非法了。

“因此，假如我必须在这些前提条件下当一名基督徒，就不得不自己创造很多新东西了。”

这句话他是用当地方言说的。

施利希特·冯·柯尼希斯瓦尔德医生终于走出了“爸爸”的套房。他看上去非常像个德国人，也非常疲惫：“你们可以去见‘爸爸’了。”

“我们会尽量不累着他的。”弗兰克保证道。

“要是你们能杀了他，”冯·柯尼希斯瓦尔德说，“我认为他会感激不尽的。”

97
该死的基督徒

“爸爸”蒙扎诺和他无情的疾病躺在床上，这张床是一艘金色的小划艇——从舵柄、系艇索到桨架和其他一切，全都被涂成金色。他的床曾经是博克侬的女王拖鞋号帆船的救生艇，多年前，正是这艘救生艇所属的帆船载着博克侬和麦凯布下士来到了圣洛伦佐。

房间的墙壁是白色的。但“爸爸”放射出的痛苦是那么炽热和明亮，墙壁似乎沐浴在了狂暴的红色之中。

他从腰部以上光着上半身，油光锃亮的腹部遍布硬结，肚子像风帆摆动似的微微颤抖。

他脖子上挂着一根链子，链子上拴着一个小圆筒，尺寸和步枪子弹差不多。我猜圆筒里装着某种护身符。但我错了。里面装的是一小片九号冰。

“爸爸”几乎说不出话来。他的牙齿咔咔打架，呼吸已经不受控制。

“爸爸”正在遭受折磨的脑袋向后仰起，搁在小划艇的船首上。

蒙娜的木琴放在床边。昨晚她大概想用音乐安抚“爸爸”的情绪。

“‘爸爸’？”弗兰克轻声说。

“再见。”“爸爸”喘息道。他双眼突出，失去焦点。

“我带来了一个朋友。”

“再见。”

“他将担任圣洛伦佐的下一任总统。他当总统会比我称职得多。”

“冰！”“爸爸”呜咽道。

“他说他要冰，”冯·柯尼希斯瓦尔德说，“但等我们拿来了，他又不要。”

“爸爸”翻了个白眼。他放松颈部，把身体的重量从头顶卸下来。但随后他又拱起颈部。“无论谁当，”他说，“总统……”他说不下去了。

我替他说完：“圣洛伦佐的总统？”

“圣洛伦佐。”他重复道。他挤出一丝苦笑。“祝你好运！”他用沙哑的声音说。

“谢谢你，先生。”我说。

“不重要！博克侬。去抓博克侬。”

我绞尽脑汁，想对他最后的命令给出一个意味深长的回应。我想到，为了人民的快乐，博克侬必须永远在逃，永远不能落网：“我会抓住他的。”

“告诉他……”

我凑近他，为的是听清楚“爸爸”要我给博克侬带个什么口信。

“告诉他，没能杀死他，我很抱歉。”“爸爸”说。

“我会的。”

“你要杀死他。”

“遵命，先生。”

“爸爸”好不容易才驾驭住声音，在其中灌注了足够多的命令口吻：“我说的是真的！”

对此我无话可说。我并不怎么想杀人。

“他教导人民的都是谎言，没完没了的谎言。杀死他，把真相告诉人民。”

“遵命，先生。”

“你和赫尼克，你们要教人民科学。”

“遵命，先生，我们会的。”我向他保证。

“科学是真材实料的魔法。”

他沉默下去，放松身体，闭上眼睛。然后他轻声说：“临终仪式。”

冯·柯尼希斯瓦尔德叫沃克斯·休曼纳博士进来。休曼纳博士从帽盒里取出吃了镇定药的活鸡，准备施行他所理解的基督教临终仪式。

“爸爸”睁开一只眼睛。“不是你，”他朝休曼纳博士冷笑道，“滚出去！”

“先生？”休曼纳博士困惑道。

“我信的是博克侬教，”“爸爸”喘着气说，“滚出去，你这个该死的基督徒。”

98 临终仪式

于是我有幸目睹了博克侬教的临终仪式。

我们费了点时间，在士兵和仆人中找到了一个愿意承认他熟悉临终仪式并愿意为“爸爸”主持的人，但没人肯出面为“爸爸”施行。考虑到铁钩和水牢就近在咫尺，我并不感到惊讶。

于是，冯·柯尼希斯瓦尔德医生说他愿意试试看。他本人没施行过这种仪式，但朱利安·卡斯尔曾经在他面前施行过几百次。

“你是博克侬教徒吗？”我问他。

"我赞同博克依教的一个理念。我赞同包括博克依教在内的所有宗教都完全是谎言。"

"你从事的是科学工作，"我问他，"会影响你施行这样的仪式吗？"

"我是个非常差劲的科学家。只要能让一个人感觉好一点，我什么都愿意做，就算不科学也在所不辞。名副其实的科学家不可能说出那种话。"

说完，他爬进"爸爸"所在的金色小船。他在船尾坐下。空间狭小，他不得不把金色的舵柄夹在胳膊底下。

他穿的是凉鞋，没穿袜子，他脱掉凉鞋。然后他掀开床脚的被单，露出"爸爸"光着的双脚。他用脚底抵住"爸爸"的脚底，做出博克–马鲁的标准姿势。

99
神造了泥

"Gott mate mutt."冯·柯尼希斯瓦尔德博士吟诵道。

"Dyot meet mat.""爸爸"蒙扎诺回应道。

他们说的是"神造了泥土"，只是各自带着自己的口音。以下我就不再援引方言的发音了。

"神感到寂寞。"冯·柯尼希斯瓦尔德说。

“神感到寂寞。”

“于是神对一小块泥土说：‘坐起来！’”

“于是神对一小块泥土说：‘坐起来！’”

“‘看我造了什么，’神说，‘山、海、天空、群星。’”

“‘看我造了什么，’神说，‘山、海、天空、群星。’”

“而我就是坐起来四处看的那一小块泥土。”

“而我就是坐起来四处看的那一小块泥土。”

“幸运的我，幸运的泥土。”

“幸运的我，幸运的泥土。”泪水沿着“爸爸”的面颊汩汩流淌。

“我，泥土，坐起来，见到上帝的工作是多么出色。”

“我，泥土，坐起来，见到上帝的工作是多么出色。”

“干得好啊，上帝！”

“干得好啊，上帝！”“爸爸”衷心地说。

“上帝，除了你，没人能做到！我当然做不到。”

“上帝，除了你，没人能做到！我当然做不到。”

“与你相比，我觉得极其渺小。”

“与你相比，我觉得极其渺小。”

“只有在想到还有那么多泥土没能坐起来四处看的时候，我才会感觉到我有那么一丁点儿的重要。”

“只有在想到还有那么多泥土没能坐起来四处看的时候，我才会感觉到我有那么一丁点儿的重要。”

“我得到了这么多，而大多数泥土得到的是那么少。”

“我得到了这么多，而大多数泥土得到的是那么少。”

“Deng you vote da on-oh！”冯·柯尼希斯瓦尔德叫道。

“Tz-yenk voo vote lo yon-yo！”“爸爸”喘息道。

他们说的是“谢谢你赐我的荣耀”。

“现在泥土要重新躺下，去睡觉了。”

“现在泥土要重新躺下，去睡觉了。”

“泥土得到了多么宝贵的记忆啊！”

“泥土得到了多么宝贵的记忆啊！”

“我遇到了多么有趣的其他坐起来的泥土啊！”

“我遇到了多么有趣的其他坐起来的泥土啊！”

“我爱我见过的一切！”

“我爱我见过的一切！”

“晚安。”

“晚安。”

“现在我要去天堂了。”

“现在我要去天堂了。”

“我等不及……”

“我等不及……”

“去发现我的万彼得究竟是什么……”

“去发现我的万彼得究竟是什么……”

“以及我的卡拉斯里都有谁……”

“以及我的卡拉斯里都有谁……”

“还有我们的卡拉斯都为你做过什么好事。”

“还有我们的卡拉斯都为你做过什么好事。”

“阿门。”

“阿门。”

100

弗兰克下水牢

但“爸爸”没有死，也没有上天堂——暂时还没有。

我问弗兰克什么时候适合宣布我登上了总统宝座。他帮不了我，他没有任何想法，完全交给我处理。

“你不是说你会在背后支持我吗？”我抱怨道。

“只要和技术有关系就交给我。”弗兰克对此寸步不让。我无法破坏他作为一名技术人员的诚信，无法逼迫他超越他的职责界限。

“我明白了。”

“无论你想怎么管理人民，我都能接受。那是你的职责。”

弗兰克如此断然让渡一切人事权力，这让我感到既震惊又气恼，我揶揄他道：“介意指点我一下吗？从纯粹技术性的角度说，今天这个特别的日子应该做些什么？”

我得到了纯粹技术性的回答：“修理发电厂，举办飞行表演。”

“好极了！这样作为总统，我的第一个伟大胜利就是恢复人民的供电。”

弗兰克不认为这有什么可笑的。他向我敬个礼："我会努力的，先生。我会尽我所能辅佐你的，先生。但我没法保证供电要过多久才能恢复。"

"我想要的正是这个，一个活力四射的国家。"

"我会尽我所能的，先生。"弗兰克再次向我敬礼。

"还有飞行表演呢？"我问，"那是什么？"

他的回答依然一板一眼："今天下午一点，先生，圣洛伦佐空军的六架飞机将飞过这座王宫，射击海面上的靶子。这是一百民主烈士纪念日的庆祝活动之一。美国大使也计划向海中投花环。"

于是我初步决定，在投花环仪式和飞行表演之后，就立刻让弗兰克宣布我的继位。

"你觉得如何？"我问弗兰克。

"你是老大，先生。"

"我看我最好准备一份讲稿，"我说，"还应该有个什么宣誓就职环节，让一切都显得更加庄严和正式。"

"你是老大，先生。"每次他说出这几个字，声音都似乎从更缥缈的远方飘来，就好像弗兰克正沿着竖井的梯级爬向地底深处，而我不得不留在地面上。

而我懊恼地意识到，正是因为我同意了当老大，弗兰克才能重获自由，去做他最想做的其他事情，步他父亲的后尘：一方面接受荣誉和舒适的生活，另一方面也逃避生而为人的责任。他走进灵性的水牢，从而完成了任务。

101

和我的前任一样，我宣布博克依为逃犯

于是我在一座塔楼的底下找了个光秃秃的空房间，静下心来撰写我的演讲稿。我写出来的演讲稿也同样贫瘠、空洞和缺乏内容。

但它充满希望，语气谦卑。

而我发现我不可能不仰仗上帝。我以前从没需要过这样的支持，也从没相信过这样的支持是存在的。

但现在，我发现我必须相信，于是我就相信了。

除此之外，我还会需要人们的帮助。我查阅了将要参加仪式的宾客名单，发现没有邀请朱利安・卡斯尔和他儿子。我立刻派信使去邀请他们，因为除博克依之外，他们比任何人都了解我的人民。

至于博克依：

我考虑要不要请他加入我的政府，就此为我的人民开创某种太平盛世。我考虑要不要在欢欣鼓舞的高潮时刻，下令取掉王宫大门口那个可怕的铁钩。

但随即我想通了，太平盛世所要承诺的东西可不只是一个位高权重的圣人，还必须人人都能得到充足的可口食物、舒适居所、良好教育、健康体魄和愉快时光，还有想工作的人都能有事可做。然而无论是博克依还是我，都没有能力提供这些东西。

因此，善恶必须继续分隔，善在丛林里，恶在宫殿里。两者相持，所产生的娱乐就是我们能够提供给人民的一切了。

有人轻轻敲门。一个仆人告诉我，宾客开始陆续抵达了。

于是我把演讲稿揣进衣袋，沿着旋转楼梯爬上我的塔楼。我走到城堡最高处的城垛前，望着我的宾客、我的仆人、我的悬崖和我温暖的海水。

102

自由的仇敌

想到城堡最高处的这些人时，博克侬的《第一百一十九号卡利普索》浮现在了我的脑海里，他邀请我们与他一同高唱：

> “我的老伙计都去哪儿了？”
> 我听见一个悲伤的人说。
> 我在悲伤的人耳边低语：
> “你的老伙计都死绝了。”

在场的有霍利克·明顿大使夫妇、自行车制造商H. 洛·克罗斯比及夫人黑泽尔、人道主义者与慈善家朱利安·卡斯尔医生和他儿子——作家与酒店老板菲利普·卡斯尔、画家小牛顿·赫尼克及其音乐家姐姐哈里森·C. 康纳斯夫人、我的天使蒙娜、弗兰克林·赫尼克少将和二十来个形形色色的圣洛伦佐官僚及军人。

死了——现在几乎全死了。

正如博克侬教导我们的，“说一声再见永远不会犯错”。

我的城垛前摆着自助餐台，上面满是当地美食：烤莺鸟的小小外皮是用它们自己的蓝绿色羽毛做成的；紫色地蟹的肉从壳中取出，剁碎，在椰子油中炸熟，然后放回壳里；一指长的小梭鱼，肚子里填着香蕉酱；不发酵的淡味玉米华夫饼上放着一口量的煮鸟肉。

他们说，鸟就是从自助餐台所在的这个望楼上打下来的。

供应的饮料有两种，都未经冰镇，一种是百事可乐，另一种是当地的朗姆酒。百事可乐装在塑料啤酒杯里，朗姆酒装在椰子壳里。朗姆酒有一种甜香味，我辨别不出究竟是什么，但不知为何，它让我想起了我的青春早期。

弗兰克替我说出了甜香味的来源：“丙酮。”

“丙酮？”

“模型飞机的黏合剂里有这个成分。”

我没喝朗姆酒。

明顿大使频繁举起椰子壳，做了许多次贪杯使节应该做的祝酒，假装爱世上所有的人和滋养他们的所有饮料。但我没看见他真的喝酒。说起来，我注意到他带着一件我先前没见过的行李。它有点像装法国号的乐器箱，后来我知道里面就装着要扔进大海的那个悼念花环。

我只看见一个人在喝朗姆酒。H. 洛·克罗斯比显然没有嗅觉，他玩得很开心，捧着椰子壳喝丙酮，坐在加农炮上，用他偌大的屁股堵住火门。他用一副巨大的日本造望远镜眺望洋面。他看的是安装在海中浮筏上的靶标。

靶标是用硬纸板剪成的人形。

圣洛伦佐空军的六架飞机将扫射和轰炸它们，用以炫耀武力。

每个靶标都是一个真人的漫画像，人名写在靶标的前后两面上。

我问画家是谁，得知正是沃克斯·休曼纳博士。这位基督教牧师就站在我身旁。

“我不知道你还有这方面的天赋。”

“嗯，对。我年轻的时候，考虑了很久究竟要走哪条路。”

“看来你选择了一条正确的路。”

“我祈求上天指引我前进。”

“你得到了指引。”

H. 洛·克罗斯比把望远镜递给妻子：“离我们最近的是卡斯特罗老兄。”

“还有希特勒老兄，”黑泽尔哧哧笑道，看得分外开心，“还有墨索里尼老兄和某个日本鬼子老兄。”

“还有威廉二世老兄，戴着尖帽子什么的，”黑泽尔喃喃道，“没想到还能再见到他。”

“他会被打中吗？”黑泽尔问，“他会得到人生中的大惊喜吗？想一想就让人兴奋呢。”

“自由世界几乎所有的敌人一个个都在海上了。”H. 洛·克罗斯比郑重宣告。

103

对作家罢工之影响的医学意见

没有一个客人知道我将会成为总统，也没人知道“爸爸”即将与世长辞。弗兰克给出的官方说法是“爸爸”正在安静地休息，“爸爸”向来做客的所有人问好。

弗兰克宣布，纪念仪式的活动顺序是这样的：首先由明顿大使把花环扔进大海，向一百烈士致敬；然后飞机射击海上的靶标；最后由弗兰克向众人致辞。

他没有告诉大家，他说完之后，我将发表演讲。

因此人们对待我就像对待一个来访的记者，而我得以和我的格兰法隆说几句闲话。

“你好，老妈。”我对黑泽尔·克罗斯比说。

“哎呀，这不是我的好孩子吗？”黑泽尔给我一个香喷喷的拥抱，同时对所有人说，“这小子是个山地佬！”

卡斯尔父子与其他众人保持了一段距离。他们长久以来不受“爸爸”宫殿的欢迎，此刻很好奇为什么也会得到邀请。

小卡斯尔叫我“独家新闻”：“早上好，独家新闻。码字界有什么新消息吗？”

“我也想这么问你呢。”我答道。

“我打算呼吁来一场所有作家的总罢工，直到全人类最终恢复神志。你支持吗？”

“作家有权罢工吗？我怎么感觉就像警察或消防员罢工示威呢？”

“还有大学教授。”

“还有大学教授。”我赞同道。我摇摇头：“不，我看良知不会允许我支持这样的罢工。我认为一个人成为作家之后，他就承担起了某种神圣的义务，必须以最快速度产出美、启迪和安慰。”

“我就是忍不住会去想，要是突然间没有了新书、新剧、新历史著作、新诗歌，人们会陷入什么样的可怕惊惶……”

“看着人们像苍蝇似的死去，你会感到多么自豪？”我问。

“我猜他们会死得更像疯狗——彼此狂吠和撕扯，企图咬断自己的尾巴。”

我转向老卡斯尔：“先生，要是一个人被剥夺了文学的抚慰，他会如何死去呢？”

“两种可能性，”他答道，“不是心脏石化，就是神经系统萎缩。”

“听上去都不怎么令人愉快。”我推测道。

“是的，”老卡斯尔答道，“以上帝的爱发誓，你们两位请坚持写下去吧！”

104

磺胺噻唑

我的天使蒙娜没有走向我，也没有用脉脉含情的眼神招呼我去她的身旁。她主动扮演起了女主人的角色，此刻正在介绍安吉拉和小牛顿与圣洛伦佐政要认识。

此刻我在思考这个姑娘的为人，我想到她在“爸爸”倒下时的无动于衷，想到她与我的婚约，我的判断在轻浮和下贱之间徘徊。

她代表的是女性灵性的最高形态吗？

还是说她麻木不仁，天性冷淡——她事实上没有感情，沉溺于木琴、崇拜美的异教和博克-马鲁？

我永远不可能知道。

博克依教导我们：

> 情人就是骗子，
> 他对自己撒谎。
> 求真者不知什么是爱，
> 他们的眼睛犹如牡蛎！

我猜我得到的教诲非常明确。我只需要记住我的蒙娜是多么出类拔萃就行。

“说起来，”我在一百民主烈士纪念日的活动上问菲利普·卡斯尔，“你今天和你的朋友兼仰慕者H. 洛·克罗斯比聊过吗？”

“我今天西装革履打领带，他根本没认出我来，”小卡斯尔答道，“我们已经愉快地谈了一次自行车。说不定还会再聊一次呢。”

我发现克罗斯比想在圣洛伦佐生产自行车的念头不再让我觉得可笑了。作为这个岛国的首席执行官，我非常想要一个自行车生产厂。我突然对H. 洛·克罗斯比这个人和他能做到的事情产生了敬意。

“你认为圣洛伦佐的人民对工业化会有什么看法？”我问卡斯尔父子二人。

“圣洛伦佐的人民，”父亲回答我，“只对三件事感兴趣：捕鱼、通奸和博克侬教。”

“你认为他们对进步不感兴趣吗？”

“他们见过一些进步。只有一个方面的进步让他们欢欣鼓舞。”

“什么方面？”

“电吉他。”

我告退，走向克罗斯比夫妇。

弗兰克·赫尼克正在和他们交谈，向他们解释博克侬是谁和他反对什么：“他反对科学。”

“一个脑子正常的人怎么可能反对科学呢？”克罗斯比问。

“要不是有青霉素，我早就死了，”黑泽尔说，“我母亲也一样。”

“你母亲多少岁了？”我问她。

“一百零六岁。是不是很了不起？”

“当然是。”我赞同道。

“要不是医生那次给我丈夫用的药，我也早就是寡妇了。”黑泽尔说。她不记得那种药叫什么了，只好去问丈夫：“亲爱的，那次救了你老命的药叫什么来着？”

“磺胺噻唑。”

我顺手从托盘上拿了一块鸟肉开胃点心，真是个可怕的错误。

105
止痛药

说来也巧——博克侬会说“就该这么巧”——鸟肉和我太合不来了，我刚咽下第一口，胃里就开始翻腾。我不得不跑下旋转楼梯去寻找卫生间。我冲进了连着“爸爸”套房的那个卫生间。

等我蹒跚着走出来，算是舒服了一些，迎面撞见了施利希特·冯·柯尼希斯瓦尔德医生。他从“爸爸”的卧室里蹿出来，表情狂乱，一把抓住我的胳膊，叫道：“那是什么？他挂在脖子上的到底是什么东西？”

“你说什么？”

“他吞了下去！‘爸爸’把小圆筒里的东西吞了下去，天晓得是什么——现在他死了。”

我想到了“爸爸”挂在脖子上的小圆筒，对它里面的东西做了个显而易见的猜测："氰化物？"

"氰化物？氰化物会在一秒钟之内把一个人变成水泥？"

"水泥？"

"大理石！铁块！我从没见过尸体能这么僵硬。无论你敲哪儿，都会听见马林巴琴的那种叮叮咚咚！你来看！"冯·柯尼希斯瓦尔德拖着我走进"爸爸"的卧室。

金色小划艇改造成的床上，是一个骇人得让人无法直视的东西。"爸爸"死了，但对着这具尸体，你无论如何也没法说他"终于安息了"。

"爸爸"的脑袋向后拱到极限，身体形成一座桥，桥拱伸向天花板，重量压在头顶和脚底上。他活像壁炉里支撑木柴的薪架。

显而易见，他死于小圆筒里的东西。他一只手拿着小圆筒，小圆筒的盖子拧开了。他另一只手的大拇指和食指卡在上下两排牙齿之间，像是刚刚放开了一撮什么东西。

冯·柯尼希斯瓦尔德医生走到镀金划艇的舷缘前，抓着桨耳，从卡槽中取下桨架。他用精钢的桨架敲了敲"爸爸"的腹部，"爸爸"发出的声音确实很像马林巴琴。

"爸爸"的嘴唇、鼻孔和眼球都蒙着一层蓝白色的薄霜。

老天做证，到了今天，这个症状已经不再稀奇了。但在当时还没人见过。"爸爸"蒙扎诺是历史上第一个死于九号冰的人。

不管有没有价值，反正我都要把事实记录下来。"全都写下来。"博克侬教导我们。当然了，其实他想教导我们的是书写或阅读历史毫无意义可言。"若是不准确地记录过去，怎么能指望人避免在未来犯下严重的错误呢？”他讽刺地问。

因此，我再重复一遍：“爸爸”蒙扎诺是历史上第一个死于九号冰的人。

106

博克依教徒在自杀时会说什么

冯·柯尼希斯瓦尔德医生，人道主义者，因为奥斯威辛在仁爱账户上欠下了惊人的债务，他是第二个死于九号冰的人。

正如我前面提到过的，他正在谈论尸僵的问题。

“尸僵不会在几秒钟之内形成，”他告诉我，“我转过去背对‘爸爸’才一眨眼的工夫。他在胡言乱语……”

“说什么？”我问。

“疼痛、冰、蒙娜，各种乱七八糟的。然后‘爸爸’说：‘现在我要毁灭整个世界了。’”

“这话是什么意思？”

“博克依教徒在自杀前都会这么说。”冯·柯尼希斯瓦尔德走向一个水盆，显然是想去洗手。“等我再转过来看他，”他双手举在水面上方，对我说，“他已经死了，而且就像你看见的，硬得像一尊雕像。他的嘴唇看上去太不寻常了，我忍不住摸了摸。”

他把双手放进水里。“什么样的化学品能够……”他没有说完这个问题。

冯·柯尼希斯瓦尔德举起双手，顺便带起了水盆里所有的水。水已经不再是液体，而是一团半球形的九号冰了。

冯·柯尼希斯瓦尔德用舌尖舔了舔那蓝白色的神秘物质。

薄霜在他的嘴唇上迅速扩散，身体随之变硬，他蹒跚两步，倒在了地上。

蓝白色的半球摔碎了，碎块稀里哗啦地散了一地。

我跑到门口，喊人来帮忙。

士兵和仆人跑来了。

我命令他们去找弗兰克、牛顿和安吉拉，把他们立刻带到“爸爸”的卧室来。

我终于见到了九号冰！

107

大饱眼福吧！

我把费利克斯·赫尼克博士的三个孩子放进“爸爸”蒙扎诺的卧室，然后关上门，后背靠在门上。我的心情既痛苦又庄重。我知道九号冰是什么东西。我经常梦见它。

毫无疑问，是弗兰克把九号冰给了“爸爸”。另外，既然弗兰克能把九号冰送给别人，那么安吉拉和小牛顿同样也可以。

于是我朝他们三个人咆哮，说他们要为这恐怖的罪行负责。我说他们东窗事发了，我知道他们和九号冰的名堂。我想警告他们，让他们明白九号冰能终结地球上的一切生命。我说得义正词严，他们根本没想到要问我是怎么知道九号冰的。

“大饱眼福吧！”我说。

嗯，正如博克侬的教诲：“上帝这一辈子就没写过一部好戏。”“爸爸”卧室里的这一幕自然不缺乏勾人的主题和奇异的道具，而我的开场白更是恰到好处。

可惜某位赫尼克的第一反应毁灭了这宏大的气氛。

小牛顿吐了。

108
弗兰克告诉我们该怎么办

然后我们全都想吐了。

小牛顿的反应当然恰如其分。

“我不可能更赞同了。”我对牛顿说。然后我对安吉拉和弗兰克吼道：“我们现在知道牛顿的态度了，我想听听你们二位的看法。”

“呕。”安吉拉蜷着身体说，舌头伸得老长。她的脸色像是被刮上了一层腻子。

“你也是这个反应吗？”我问弗兰克，“‘呕’？将军阁下，你说的是这个吗？”

弗兰克咧着嘴露出紧咬的牙关，呼吸急促，气流在齿缝中吹出哨音。

“就像那条狗。”小牛顿喃喃道，低头看着冯·柯尼希斯瓦尔德。

“什么狗？”

牛顿低声回答，嗫嚅背后几乎没有气息。但这个房间的石板墙壁有着极好的声学条件，因此我们听清楚了他说的每一个字，就像在听水晶铃铛的叮咚响声。

“圣诞前夜，父亲去世的那天。”

牛顿在自言自语。我请他告诉我他父亲去世当晚那条狗出了什么事，他仰头看着我的眼神就好像我侵入了他的梦境。他觉得我是个局外人。

但他的哥哥和姐姐属于梦境。他在那个噩梦中对他哥哥说话。他对弗兰克说：“你把它给了他，所以才能得到这个了不起的职位，对吧？”牛顿惊异地问弗兰克：“你是怎么说的？说你有比氢弹还厉害的武器？”

弗兰克似乎没有听见弟弟的问题。他目光灼灼地扫视整个房间，把一切尽收眼底。他松开牙关，上下两排牙齿咔咔碰撞，每响一声他就眨一下眼睛。他脸上逐渐恢复了血色。然后他这么说：“听着，咱们必须收拾干净这个烂摊子。”

109
弗兰克为自己辩护

“将军阁下，”我对弗兰克说，“这肯定是一位少将今年发表的最令人信服的声明了。作为我的科技顾问，请问你建议该怎么——按照你的原话——‘收拾干净这个烂摊子’？”

弗兰克回答得直截了当。他打个响指。我看得出他正在让自己脱离这个烂摊子的因果，带着越来越强烈的尊严和热情，把自己的身份确定为净化者、世界救星、打扫专家。

“扫帚、簸箕、喷灯、炉子、水桶。”他下令道，一下一下地打着响指。

“你提议用喷灯烧尸体？”我问。

弗兰克已经完全陷入技术思维，跟着响指的节拍跳起了踢踏舞。“咱们先扫掉地上的大块，在水桶里用炉子融化。然后咱们用喷灯烧一遍整个房间，不放过任何一毫米的地方，以免还留下细微的颗粒。至于尸体，还有床……”他不得不停下，进一步思索。

“火葬！”他叫道，对自己的急智非常满意，“我去叫人在铁钩旁边堆一个巨大的火葬柴堆，咱们把尸体和床抬出去，然后扔到上面烧掉。”

他正要出去，命令人们架起柴堆，准备我们用来清理房间的工具，却被安吉拉叫住了。

“你怎么能这么做？”她诘问道。

弗兰克给她一个假笑："一切都会好起来的。"

"你怎么能把它给'爸爸'蒙扎诺这样的人？"安吉拉问他。

"咱们先把烂摊子收拾好，然后再讨论这些。"

安吉拉抓住他的胳膊，不肯放他离开："你怎么能这么做?！"她使劲摇晃他。

弗兰克掰开姐姐的手。他的假笑消失了，一时间凶相毕露——这一刻稍纵即逝。他以极度轻蔑的语气对她说："我给自己换了个职位，就像你给自己换了个英俊丈夫，就像牛顿给自己换了与一个俄国侏儒在科德角鬼混一个星期！"

假笑回到了他脸上。

弗兰克出去，重重地摔上房门。

110
第十四书

"有时候普尔-啪，"博克侬教导我们，"超出了人类的评论能力。"博克侬在《博克侬之书》中的某处把普尔-啪翻译成"狗屎风暴"，在另一处翻译成"神怒"。

根据弗兰克在摔门而去前说的那些话，我得出结论，拥有九号冰的并不只是圣洛伦佐共和国和赫尼克三姐弟。显而易见，美利坚合众国和苏维埃社会主义共和国联盟也有。美国通过安吉拉的丈夫得到了九号冰，这就解释了他在印第安纳波利斯的工厂为什么被电网包围，还有嗜血成性的德国牧羊犬看守。而苏联通过牛顿的小津卡——乌克兰芭蕾舞团那个迷人的钓饵——得到了九号冰。

我无话可说。

我低下头，闭上眼睛，等待弗兰克带着那些低贱的工具回来，然后我们会用它们清理这间卧室——全世界独一无二的一间卧室，被九号冰污染了的一间卧室。

在犹如紫色天鹅绒的混沌思绪之中，我听见安吉拉对我说了些什么。她没有为自己辩护，而是为小牛顿辩护："牛顿没有给她，是她偷走的。"

我对她的解释不感兴趣。

"世间几乎所有的男男女女都是短视的儿童，"我心想，"而费利克斯·赫尼克那样的人会把九号冰那样的玩具送给他们。人类还能有什么希望呢？"

这时我想到了昨晚我从头到尾读了一遍的《博克侬之书第十四书》。《第十四书》的标题是《考虑到过去百万年的经验，一个有脑子的人还能对地上的人类有什么指望？》

读完《第十四书》用不了多久。它只有一个词和一个标点。

引用如下。

"无。"

111

小憩

弗兰克带着几副扫帚和簸箕、一个喷灯和一个煤油炉回来了，当然也没忘记水桶和橡胶手套。

我们戴上手套，以免九号冰污染手部。弗兰克把炉子架在天使蒙娜的木琴上，把水桶搁在炉子上。

我们从地上捡起大块的九号冰，直接扔进破旧的水桶，冰块很快融化，变成了普普通通的甘甜清水。

安吉拉和我扫地，小牛顿在家具底下搜寻漏网的九号冰碎片。弗兰克跟着我们扫地的路线，用喷灯的火焰清洗地面。

仆役深夜干活儿时往往会陷入无知无明的沉静状态，此刻我们也陷入了类似的情绪。在一个乱糟糟的世界上，我们至少把自己的小角落收拾干净了。

我忍不住开口，用聊天的语气请求牛顿、安吉拉和弗兰克讲述老头子去世的圣诞前夜发生了什么，告诉我那条狗究竟是怎么一回事。

赫尼克姐弟幼稚地以为仅仅通过扫地就能让一切回到正轨上，于是向我讲述了事情的经过。

事情是这么发生的。

在那个决定命运的圣诞前夜，安吉拉去镇上买圣诞树彩灯了，牛顿和弗兰克去冷清的冬季海滩散步，他们在海滩上遇到了一条黑色拉布拉多。和所有的拉布拉多一样，这条狗也很友善，跟着弗兰克和小牛顿回到他们家里。

三个孩子出去之后，费利克斯·赫尼克死了，死在他那把面对大海的白色柳条椅里。老头子一整天都在拿九号冰逗弄三个孩子，他给他们看装九号冰的小瓶子，他在瓶子的标签上画了一个骷髅头和交叉的大腿骨，还写了一句话："危险！九号冰！远离湿气！"

老头子在三个孩子的耳朵边唠叨了一整天，用欢快的语气说什么："来想一想，活动一下你们的头脑。我说过它的融点是一百一十四点四华氏度，也说过它只由氢和氧构成。所以解释它是什么？快开动脑筋！别害怕使用你们的小脑袋，那是用不坏的。"

"他总是叫我们活动一下头脑。"弗兰克说，缅怀过去的时光。

"我不知道从几岁开始就放弃活动我的头脑了，"安吉拉坦白道，倚着扫帚站在那儿，"我甚至没法听他谈论科学。我只是使劲点头，假装正在活动头脑，但我可怜的头脑啊，在科学这方面，它的活动性都比不上一根用废了的吊袜带。"

在坐进柳条椅死去之前，老头子似乎在厨房里用水和锅碗瓢盆玩了好一阵九号冰。他肯定反复把水转变成九号冰，然后重新转变成水，因为所有的煮锅和煎锅都摆在厨台上。烤肉用的温度计也在外面，因此老头子肯定测量过物体的温度。

老头子大概只打算在椅子上小憩片刻，因为他在厨房里留下了好一个烂摊子。在乱七八糟的东西之中，有一只炖锅里装满了固态的九号冰。他无疑打算在小憩片刻过后，把这一锅九号冰重新融化，这样全世界的九号冰资源就会重新缩减成小瓶里的一小块。

然而，正如博克侬教导我们的，“任何人都能决定什么时候去小憩片刻，但没人能说得准这个片刻会持续多久”。

112

牛顿母亲的网格包

“我进门的那一刻就该知道他已经死了，”安吉拉又倚在了扫帚上，“柳条椅静悄悄地不发出任何声音。只要我父亲坐在椅子上，哪怕他睡着了，椅子也会吱吱嘎嘎响个没完。”

但安吉拉以为她父亲在打瞌睡，于是去装饰圣诞树了。

牛顿和弗兰克带着拉布拉多回家。他们去厨房，想找点东西给狗吃。他们发现老头子把水弄得到处都是。

地上有水，于是小牛顿拿起一块抹布，擦掉地上的水。他把湿抹布扔在厨台上。

说来也巧，抹布掉进了装九号冰的锅里。

弗兰克以为锅里装的是蛋糕糖霜，他把锅拿给牛顿，让牛顿看他乱扔抹布造成的后果。

牛顿从冰的表面把抹布剥下来，发现抹布的质地变得很奇怪，像金属似的坚韧，仿佛是用细密金线织成的网格包。

“我之所以说金色网格包，”小牛顿在“爸爸”的卧室里说，“是因为它立刻让我想到了母亲的网格包，摸上去就是那种触感。”

安吉拉感伤地解释道，牛顿小时候把母亲的金色网格包当作宝贝。我猜那是个搭配晚礼服的小手包。

“摸起来的感觉很古怪，和我碰到过的其他东西都不一样，”牛顿说，重温他童年时对那个网格包的喜爱，“不知道它后来去哪儿了。”

“我对很多东西都怀着同样的疑问。”安吉拉说。她的困惑在时光长河中回荡，语气懊悔而失落。

闲话少说，总之牛顿把摸起来像网格包的那块抹布递给狗，狗伸出舌头舔了舔，立刻冻成了冰棍。

牛顿跑去告诉父亲有条狗被冻硬了，发现他父亲也已经硬了。

113
历史

我们终于把“爸爸”的卧室收拾干净了。

但我们还必须把尸体搬出去火化。我们决定这应该是个庄严肃穆的仪式，因此应该等一百民主烈士的纪念活动结束后再动手。

我们做的最后一件事情是把冯·柯尼希斯瓦尔德竖起来，方便我们净化他躺的那块地方。然后我们把他竖着藏在了“爸爸”的衣橱里。

我不太确定我们为什么要把他藏起来。我猜大概是为了让场面看起来干净一些。

至于牛顿、安吉拉和弗兰克是如何在那个圣诞节分割全世界仅存的那点九号冰资源的，在他们说到罪行细节的时候，具体经过却一点一点消失了。赫尼克三姐弟不记得有谁说过什么话来正当化他们把九号冰当作私有财产的行为。他们谈到了九号冰是什么，回忆了老头子如何叫他们活动头脑，但唯独没人提起伦理道德。

“是谁动手分的？”我问。

赫尼克三姐弟把事件本身的记忆删了个一干二净，他们甚至连这么基础的细节都没法告诉我。

“不是牛顿，”安吉拉最后说，“我可以肯定。”

“也不是你或我。”弗兰克冥思苦想道。

“是你从厨房的架子上拿来了三个大口瓶，”安吉拉说，“直到第二天，咱们才搞来了三个小热水瓶。”

“对，”弗兰克赞同道，“然后你拿起冰锥，从锅里凿出九号冰的碎屑。”

“没错，”安吉拉说，“是我。然后有人从卫生间拿来了镊子。”

牛顿举起他的小手：“是我。”

安吉拉和牛顿回想起小牛顿是多么能干，不禁都大为惊异。

“是我夹起冰屑放进大口瓶的。”牛顿回忆道，他懒得掩饰他内心洋溢的得意情绪。

“那条狗你们是怎么处理的？”我无力地问。

“放进烤箱了，”弗兰克答道，“我们只能这么做。”

“历史！”博克侬写道，“读吧，流泪吧！”

114

当我感觉子弹打进我的心脏

于是我再次沿着旋转楼梯爬上我的塔楼，再次来到我的城堡最高处的城垛前，再次望着我的宾客、我的仆人、我的悬崖和我温暖的海水。

赫尼克三姐弟和我在一起。我们锁上“爸爸”卧室的门，告诉仆人们“爸爸”感觉好多了。

士兵正在铁钩旁垒火葬用的柴堆。他们不知道这个柴堆是干什么用的。

那一天有很多很多的秘密。

转啊转啊转个不停。

我认为纪念活动现在可以开始了，就吩咐弗兰克去请霍利克·明顿大使上台演讲。

明顿大使走向面向大海的挡墙，纪念花环依然装在箱子里。他发表了一篇赞颂一百民主烈士的伟大演讲。他说“一百民主烈士”时换成了岛国方言，以此向死者、他们的祖国和他们所献出的生命致敬。这几个方言词语他说得既优雅又轻松。

他演讲的其他部分则完全是美式英语。他手里有一份书面的讲稿，我猜那东西肯定写得非常矫揉造作。他注意到在场的宾客寥寥无几，而且大部分还都是他的美国同胞，于是把正式讲稿扔到了一旁。

轻柔的海风撩动他稀疏的头发。“我想说点非常不符合大使身份的话，”他对众人说，“我要告诉你们我的真实感受。”

也许明顿吸入了太多的丙酮气体，也许他未卜先知，觉察到了除我之外的所有人即将发生什么。总而言之，他的演讲出奇地有博克侬教的味道。

“朋友们，今天我们齐聚一堂，”他说，“是为了向一百民主烈士致敬，这些孩子死了，全都死了，全都死在了战争中。在这样的日子里，按照惯例，我应该称呼这些牺牲的孩子为男人。但我无法称他们为男人，原因非常简单：夺去一百民主烈士生命的这同一场战争，也夺去了我儿子的生命。

“我的灵魂坚持认为，我所哀悼的不是一个男人，而是一个孩子。

“我说的不是假如他们不得不牺牲的话，参加战争的孩子们不能像男人那样死去。他们永恒的光荣和我们永恒的耻辱在上，他们死得确实像是男人，因此我们才有可能纪念这个充满男子气概的爱国节日。

“但另一方面，他们依然是死于非命的孩子。

“而我向诸位提议，假如我们真的要向圣洛伦佐失去的这一百个孩子致以诚挚的敬意，那我们就应该在这一天里蔑视害得他们牺牲的东西，也就是说，全人类的愚蠢和刻毒。

“当我们缅怀战争的时候，也许我们应该脱光衣服，把身体涂成蓝色，然后一整天四肢着地爬行，像猪猡似的哼哼。这么做肯定比郑重其事的演讲、挥舞着的旗帜和保养良好的枪支更体面。

“我不是在说我们不该愉快地欣赏即将上演的军事表演——这必将是一场动人心魄的壮观表演……”

他扫视我们每个人的眼睛，然后非常轻柔地说了下去，把吐出来的这几个字投入风中：“而我要为动人心魄的表演欢呼。”

我们不得不伸长耳朵听明顿接下来要说的话。

“但是，既然今天我们要向一百个被战争夺去生命的孩子致敬，”他说，“这个日子难道真的适合举办这样动人心魄的表演吗？”

“答案是肯定的，但有一个条件：我们这些参加庆祝活动的人，都正在有意识和不知疲倦地竭力减少我们自己和全人类的愚蠢和刻毒。”

他啪的一声打开箱子上的锁扣。

“看看我带来了什么？”他问我们。

他打开箱子，向我们展示猩红色的内衬和金色的花环。花环是用铁丝和假月桂叶子制作的，而且喷了一遍散热器涂料。

花环上扎着一条奶白色的丝带，上面印着“Pro Patria”[1]。

明顿引用埃德加·李·马斯特斯《匙河集》里的一首诗，听众里的圣洛伦佐人肯定听不懂——说到听不懂，H. 洛·克罗斯比

1 拉丁文，意为“为了祖国”。

和黑泽尔、安吉拉和弗兰克肯定同样听不懂。

> 我是传教士岭战役收割的第一批果实。
> 当我感觉到子弹打进我的心脏时，
> 我真希望我待在家里或者
> 因为偷窃科尔·特雷纳里的猪进了监狱，
> 而不是离家出走并参军打仗。
> 宁可进一千次县监狱，
> 也好过在长翅膀的大理石雕像下长眠，
> 压在我身上的还有这个花岗岩的底座，
> 上面刻着几个字："Pro Patria."
> 哎，这到底是什么意思呢？

"哎，这到底是什么意思呢？"霍利克·明顿重复道，"意思是，'为了祖国'。"然后他又甩出一句："随便哪个国家。"他轻声说。

"我带来的花环是一个国家的人民送给另一个国家的人民的礼物。请暂时忘记国家，想一想人民……

"还有死于战争的孩子……

"任何一个国家的孩子。

"想一想和平。

"想一想手足之情。

"想一想富足的生活。

“想一想，假如人类能够变得仁慈和睿智，世界会是一个什么样的天堂。

“尽管人类是这么愚蠢和刻毒，今天依然是个美好的日子，”霍利克·明顿大使说，“我，以我本人的心意，也代表美利坚合众国爱好和平的人民，谨在此对一百民主烈士死在这么一个美好的日子表示深切的同情。”

说完，他把花环扔出了挡墙。

空中传来嗡嗡声。圣洛伦佐空军的六架飞机来了，它们掠过我的温暖海水，前来扫射H. 洛·克罗斯比所谓“自由世界几乎所有的敌人”的画像。

115
说来也巧

我们走到面向大海的挡墙前观看表演。飞机并不比黑胡椒粒大到哪儿去。我们之所以能看见它们，是因为说来也巧，其中一架的尾巴在冒烟。

我们以为冒烟是飞行表演的一部分。

我旁边是H. 洛·克罗斯比，说来也巧，他吃一口鸟肉，喝一口本地的朗姆酒，就这么交替着来。他的嘴唇油光锃亮，呼吸散发着飞机模型黏合剂的气味。我刚刚过去的反胃又回来了。

我独自回到面向陆地的挡墙前，大口呼吸新鲜空气。我和其他人之间隔着六十英尺的石板地面。

我意识到飞机会低飞接近，从城堡底下超低空掠过，我待在这儿会错过精彩的表演。但反胃消除了我的兴趣。我扭头望着飞机呼啸而来的方向。就在机枪开始扫射的时候，其中一架飞机——就是先前冒烟的那架——突然出现在了我的视线内，它机腹朝上，喷出火焰。

它再次掉出我的视野，撞在了城堡下的峭壁上。它携带的炸弹和油箱爆炸了。

另外几架飞机掉头而去，引擎声越来越小，最终变得像是蚊子在哼哼。

这时响起了山崩地裂的巨响，“爸爸”城堡的地基遭到破坏，一座高耸的塔楼塌进了大海。

面向大海的挡墙前的人们目瞪口呆地望着塔楼留下的空洞。这时我听见了山崩的声音，它们或高或低，此起彼伏，几乎像是乐队在齐奏。

齐奏的节拍非常快，其他的声音也陆续加入。那是城堡的梁木在哀叹自己的负担变得过于沉重了。

一道裂缝像闪电似的贯穿了屋顶，离我蜷起来的脚趾还不到十英尺。

它把我和我的伙伴们分开了。

城堡大声呻吟和哀号。

其他人意识到了自己的处境岌岌可危。成吨的砖石建筑即将载着他们坠入大海。尽管裂缝只有一英尺宽，他们跳过它的动作却像是要去赴汤蹈火。

只有我的蒙娜不为所动，只是轻轻迈了一步就跨过了裂缝。

裂缝合上，然后又重新张开，嘲弄着众人。现在被困在那一角危险地带的还有H. 洛·克罗斯比和他妻子黑泽尔、霍利克·明顿大使和他妻子克莱尔。

菲利普·卡斯尔、弗兰克和我伸出手臂，拽着克罗斯比夫妇越过深渊。我们再次伸出手臂，恳求明顿夫妇过来。

他们一脸淡然的表情。至于他们的脑袋里在转什么念头，我猜他们首先考虑的是尊严，是应该如何分配情绪。

惊慌不是他们的风格。我觉得自杀也不是他们的风格。害死他们的是优雅的风度，因为那块新月形的城堡碎片不可阻挡地离我们而去，就像远洋邮轮徐徐离开码头。

正在坠入大海的明顿夫妇似乎也想到了出海，因为他们朝我们挥了挥手，动作既凄凉又亲切。

他们手拉手。

他们转身面向大海。

那块城堡碎片滑了出去，然后以灾难性的速度急坠而下，他们消失了！

116

宏大的阿-轰

参差的地缝边缘离我蜷缩的脚趾只剩下几英寸了。我低头望去。温暖的海水已经吞没了一切。一团尘雾懒洋洋地飘向外海，那是曾经有东西坠落的唯一证据。

宫殿摘掉了面向大海的宏伟面具，朝着北方露出麻风病患者的笑容，牙齿歪扭，毛发蓬乱。所谓的毛发，是梁木劈裂的断头。就在我的脚下，一个大房间陡然敞开胸怀。这个房间的地面失去了支撑物，像跳台似的伸进虚空。

有那么一瞬间，我幻想我跳到那个平台上，然后一跃而起，做出让人看得瞠目结舌的燕式跳水动作，双臂微张，身体像匕首似的直插与血一样温热的永恒大海，不溅起任何水花。

一只鸟从我头顶掠过，它的叫声把我从幻想中叫醒。它似乎在问我发生了什么。“普蒂-弗威特？”鸟问我。

我们一起仰望那只鸟，然后面面相觑。

我们一步步后退，逐渐远离深渊，心中满怀恐惧。我刚走下支撑我的那块石板，石板就开始摇晃，它并不比跷跷板更牢固，此刻就架在跳台上来回摆动。

它最终砸在平台上，平台于是变成了斜坡。底下房间里仅剩下的几件家具顺着斜坡滑了下去。

首先飞出去的是一台木琴，它在小小的轮子上跑得飞快。然后是一个床头柜和一盏弹跳的喷灯，两者你追我赶，唯恐落后。接下来是几把椅子，它们发疯般地彼此追逐。

底下房间里我们看不见的某处，一个不怎么愿意挪动的东西也动了起来。

它缓缓爬下斜坡。终于，它金色的船首露了出来。这正是“爸爸”尸体所在的小船。

它来到了斜坡尽头。船首微微摆动。它掉了下去，它向下坠落，在空中翻滚。

“爸爸”被甩了出去，单独坠落。

我闭上眼睛。

随后传来的声音仿佛一扇门徐徐关闭，但这扇门像天空那么辽阔，那是天堂的大门在向我们关闭。这是一声宏大的阿-轰。

我睁开眼睛——整个大海变成了九号冰。

潮湿的绿色土地变成了蓝白色的珍珠。

天空变暗了。太阳波拉西西变成了一个病恹恹的黄色圆球，既小又冷酷。

天空中充满了蠕虫。蠕虫其实是龙卷风。

117

避难所

我仰望鸟儿曾经飞翔的天空。硕大无朋的蠕虫在我头顶上张开了紫色的巨口。它像蜂群似的嗡嗡作响。它扭摆身体，吞噬空气，令人恶心地蠕动着。

我们人类分头逃窜，跑下我粉碎的屋顶，滚下朝着陆地一面的楼梯。

只有H. 洛·克罗斯比和他妻子黑泽尔在喊叫。“美国人！美国人！”他们叫道，就好像龙卷风会在乎牺牲品属于哪个格兰法隆似的。

我看不见克罗斯比夫妇。他们从另一道楼梯下去了。他们的叫声和其他人喘息奔跑的声音穿过城堡的走廊，含混地传到我的耳朵里。只有我的天使蒙娜在我身边，她跟着我，没有发出任何声音。

我刚一犹豫，她就从我旁边挤过去，打开“爸爸”套房的前厅门。前厅的墙壁和屋顶已经不见了，但石板铺的地面还在。地面中央是水牢入口的盖子。遍布蠕虫的天空之下，想要吃掉我们的龙卷风从巨口中不断喷吐紫色闪电，我掀起了那个盖子。

水牢的通道里安装了铸铁的梯级。我进去后把盖子归位。我们顺着铸铁梯级向下爬。

我们在竖梯底下发现了国家机密。“爸爸”蒙扎诺下令在这儿修建了一个舒适的防空洞。它有通风井，有用固定自行车驱动的排气扇。一面墙里嵌着一个水箱。甘甜的水依然是液态，没有被九号冰污染。这儿有用化学品处理排泄物的厕所、短波收音机和西尔斯百货的邮购目录；还有成箱的佳肴、美酒和蜡烛；还有二十年来的《国家地理》杂志合订本。

还有一套《博克侬之书》。

还有两张双人床。

我点了支蜡烛，打开一罐坎贝尔的鸡肉秋葵浓汤，用煤油炉加热。然后我倒了两杯维京群岛朗姆酒。

蒙娜坐在一张床上。我坐在另一张床上。

“我想说一句话，男人肯定曾经无数次地向女人说过这句话，”我对她说，“但是，我不认为这句话承载的分量有可能比此刻更大。”

“什么话？”

我摊开双手：“就这样了。”

118 铁处女和水牢

《博克侬之书》的《第六书》专门说痛苦，尤其是人对他人的折磨。“万一我真的要被挂上铁钩处死，”博克侬提醒我们，“那可是非常有人性的处刑。”

然后他说到拉肢台、拇指夹、铁处女、长醒架和水牢。

总而言之，必定少不了的是惨叫。

只有水牢允许你在死去时沉思。

蒙娜和我的石窟之中亦是如此。至少我们还能思考。我想到的一点是，尽管水牢里提供了一切的物质享受，却丝毫无法改变我们受到监禁的根本事实。

我们在地下度过的第一个日夜里，龙卷风每小时都会许多次地撼动水牢的盖子。地洞里的气压每一次都会突然降低，我们的耳膜会向外鼓出，脑袋会嗡嗡作响。

至于收音机，除了噼噼啪啪的静电噪声，它没有收到其他任何信号。从短波频道的一头拨到另一头，我没听见哪怕一个字，甚至连电报的嘀嘀声都没有。就算外面某处还有生命存活，它反正也没有通过无线电广播信号。

直到今天，生命也还是没有广播信号。

我猜情况是这样的：龙卷风把九号冰的蓝白色毒霜播撒到世界各地，把地表的所有人和东西全撕成了碎片。侥幸活下来的生物很快也死于饥渴，或愤怒，或不再在乎。

于是我投入《博克侬之书》的怀抱，当时我还不熟悉这部著作，以为它能给我的灵魂带来慰藉。我飞快地跳过了《第一书》扉页上的警告：

别傻了！快合上这本书！书里除了福麻，什么都没有！

福麻，当然了，就是谎言。

然后我读到了这一段：

起初，上帝造了地球，他在寂寞的宇宙中审视它。

而上帝说："我要从泥土中造生命，让泥土看我的功业。"于是上帝造了现在存活的所有生命，其中之一就是人。在泥土造的生命之中，只有人能说话。上帝凑近细看，而人从泥土中坐起来，环顾四周，开口说话。人眨了眨眼睛，很有礼貌地问："这一切都是为了什么呢？"

"难道一切都必须有个目的吗？"上帝问。

"当然了。"人说。

"那就留给你去为这一切思考一个目的吧。"上帝说完就走了。

我觉得这完全是垃圾。

"当然就是垃圾了！"博克侬说。

于是我转向我的天使蒙娜，想在她身上寻求一些更加深刻的秘密，借此来安慰心灵。

我隔着分开我们两张床的空间凝视她，能够想象在她醉人眼眸背后潜藏着与夏娃一样古老的秘密。

随后那龌龊的性爱过程我就不再赘述了，光是说一句我既令人厌恶又受到厌恶就足够了。

她对繁殖不感兴趣，甚至憎恨这整个概念。在我们的扭打结束之前，她和我本人都对我给予了充分的肯定，因为我竟然发明了这个哼哼唧唧、汗流浃背的怪异勾当，用来繁衍下一代的新人类。

我回到我的床上，磨着牙齿，心想她还真的完全不知道做爱是怎么一回事呢。但这时她开口了，她轻轻地对我说："现在生孩子是非常可悲的，你同意吗？"

"同意。"我阴郁地赞同道。

"唉，但刚才那么做就会生出孩子来，你不会不知道吧？"

119

蒙娜感谢我

"今天我会是比利时的教育部长，"博克侬教导我们，"明天我会是特洛伊的海伦。"他的意思不可能更清楚了：我们每个人都必须扮演自己应该扮演的角色。而在水牢里，我想的大体而言就是这个——感谢《博克侬之书》的帮助。

博克侬邀请我和他一起高唱：

我们要做，做啊做啊，做啊做啊，做啊做啊，
我们泥人，泥人必须，泥人必须，泥人必须；

必须做的，做啊做啊，做啊做啊，做啊做啊，
直到爆炸，身体爆炸，身体爆炸，身体爆炸。

我编了一首小曲配歌词，我低声哼着这首歌，蹬自行车驱动排气扇，把新鲜空气灌进岩洞。

“人吸入氧气，吐出二氧化碳。”我对蒙娜大声说。

“什么？”

“科学。”

“哦。”

“人花了很长时间才了解的一个生物秘密是：这个动物吸入的就是那个动物呼出的，反之亦然。”

“我不知道。”

“你现在知道了。”

“谢谢你。”

“不客气。”

等岩洞里的空气变得新鲜香甜，我跳下自行车，爬上铸铁梯级，去看上面的天气情况。我每天都要去看几次天气。那天是第四天，透过掀开盖子的新月形缝隙，我看见天气算是稳定了下来。

这个稳定是一种狂暴的动态稳定，因为龙卷风的数量还是那么众多，龙卷风直到今天也还是那么多。但龙卷风的巨口不再忙着吞吃土地了。朝着四面八方的巨口谨慎地退到了半英里左右的空中，它们的高度很少随着时间改变，你甚至会觉得像是有一层防龙卷风的玻璃在保护圣洛伦佐。

我们又等了三天，确定龙卷风真的像看上去那样平静了下来。然后我们用水箱里的水灌满了几个水壶，爬出地洞，回到地面上。

空气干燥、炽热而死寂。

有人曾经说过，温带的季节应该分成六个，而不是四个：夏季、秋季、封冻季、冬季、解冻季和春季。我爬出地洞后直起腰来，想到的就是这个，我瞪着眼睛看，竖着耳朵听，深吸气嗅闻。

没有任何气味。没有任何动静。每走一步，我脚下的蓝白色冰霜都会发出砾石摩擦的嘎吱声。每一次嘎吱声都会产生嘈杂的回声。封冻季已经结束。地球已经冻成了一团坚冰。

现在是冬天了，永恒的冬天。

我拉着蒙娜爬出洞口。我提醒她不要用手碰蓝白色的冰霜，也不要用手碰嘴唇。“死亡从没像现在这样容易降临，”我对她说，“你摸一下地面，再摸一下嘴唇，然后你就完了。”

她摇头感叹：“一个非常坏的母亲。”

“什么？”

“地球母亲——她不再是个好母亲了。”

“你好？有人吗？”我在宫殿的废墟中大喊。可怕的狂风在巨大的石砌建筑物中犁出了一道道深沟。蒙娜和我半心半意地搜寻幸存者，之所以半心半意，是因为我们觉察不到任何生机。连乱啃乱咬、鼻尖亮晶晶的老鼠都没能活下来一只。

宫殿的拱门是唯一没被毁坏的人造建筑物。蒙娜和我走了过去。拱门的基座上用白色油漆写着一首博克依教的“卡利普索”。笔迹很漂亮，时间很新。这证明还有其他人也逃过了龙卷风的劫难。这首“卡利普索”是这样的：

> 某一天，某一天，这个疯狂世界必定会完蛋，
> 而我们的上帝会收回他借给我们的所有东西。
> 假如到了那个倒霉日子你想责备我们的上帝，
> 不如就直接去责备他。他只会笑眯眯地点头。

120 敬启者

我回想起一个广告，它兜售的是一套名叫《知识百科》的童书。广告里，一个男孩和一个女孩用信任的眼神仰望父亲。“爸爸，”其中一个孩子问，“天空为什么是蓝的呢？”你多半能在《知识百科》里找到答案。

蒙娜和我沿着宫殿门前的道路向外走，假如我老爸刚好在我身旁，我一定会紧紧地拉着他的手，把我肚子里的一万个问题扔给他：“爸爸，为什么树全都倒了呢？爸爸，为什么鸟全都死了呢？爸爸，天空为什么变得这么恶心，爬满虫子呢？爸爸，大海为什么硬邦邦地一动不动呢？”

我意识到，我很可能比其他任何一个人类都更有资格回答这些严酷的问题，当然前提是还有其他的人类活了下来。要是有人感兴

趣，我可以告诉他究竟发生了什么，连事情具体是在哪儿发生的、怎么发生的，都能说得明明白白。

但那又怎样呢？

我思考尸体都去了哪儿。蒙娜和我离开水牢后走了一英里多，但还没见过哪怕一个死人。

我对活人却没什么兴趣，很可能是因为我明确地意识到我首先会见到的应该是许多死人。我没看见或许有之的篝火烟柱，然而在漫天飞舞的蠕虫之中，就算真的存在烟柱，我恐怕也很难看清。

有一样东西吸引了我的视线：一个淡紫色的花冠，套在麦凯布山状如肛塞的峰顶上。它似乎在召唤我，我有个傻乎乎的念头，想和蒙娜一起像演电影似的爬上山峰。但那有什么意义呢？

我们来到了麦凯布山脚下的丘陵地带。蒙娜像是漫无目的地离开我，离开大路，爬上了一座小丘。我跟着她走。

来到山梁顶端，我来到她身旁。她目不转睛地望着底下自然形成的宽阔盆地。她没有哭。

她应该哭的。

盆地里是成千上万的死人。每一具尸体的嘴唇上都沾着九号冰的蓝白色薄霜。

尸体并没有散开，也没有躺得七零八落，因此他们显然是在狂风撤退后聚集在这儿的。另外，每一具尸体的手指都放在嘴唇边，因此我认为他们每个人都是主动来到这个抑郁之地的，然后又自愿用九号冰毒死了自己。

这里有男人，有女人，也有儿童，其中很多人摆出博克-马鲁的姿势。他们全都面对盆地中央，就好像是圆形剧场里的观众。

蒙娜和我望向所有结霜眼眸的焦点中心，望向盆地的正中央。那儿是一块圆形的空地，很可能有人站在那儿发表过演讲。

蒙娜和我小心翼翼地走向那块空地，在恐怖的群雕之中绕来绕去。我们发现空地里有块石头。石头底下压着一张字条。

敬启者：

你周围的这些人差不多就是圣洛伦佐遭遇海洋冰冻和风灾之后的所有幸存者。这些人抓住了一个名叫博克侬的伪圣人，把他带到这儿来，让他站在他们中央，命令他告诉他们万能上主究竟打算干什么和他们现在应该怎么做。这个大骗子说，上帝现在肯定只想弄死他们，很可能是因为他受够了他们，他们应该识相一点自己去死。如你所见，他们确实这么做了。

字条最后署名：博克侬。

121

我答得太慢

“真是个玩世不恭的家伙！”我惊呼道。我从字条上抬起头，扫视遍地死者的盆地：“他在这儿吗？”

“我没看见他。”蒙娜不咸不淡地说。她既不忧郁，也不生气。事实上，她似乎快要笑出来了：“他总说他永远不会接受自己的建议，因为他知道他的建议毫无价值。”

“他应该在这儿才对！”我气呼呼地说，“这家伙太恶毒了，竟然建议这些人一起自杀。”

蒙娜真的笑了。我从没听见过她大笑。她的笑声低沉而粗野得令人震惊。

“你觉得很好笑吗？”

她懒洋洋地举起手臂：“我笑的是竟然这么简单，没别的意思。这么简单的办法，却解决了这么多人这么严重的问题。”

她在成千上万具僵尸之间信步游荡，一直笑个没完。她在山坡半中腰停下，转身面对我。她朝着底下的我喊道：“要是可以的话，你希望这些人里的哪一个活过来？以最快速度回答我。”

半分钟过后，她顽皮地喊道：“你回答得太慢了。”然后她一边哧哧地笑着，一边用手指摸了摸地面，她直起腰，用手指摸了摸嘴唇，死了。

我哭了吗？他们说我哭了。我跌跌撞撞地走在路上，H. 洛·克罗斯比、他妻子黑泽尔和小牛顿发现了我。他们坐在玻利瓦尔唯一的出租车里，这辆车也从风暴中幸免于难了。他们说我在哭。黑泽尔也哭了，但她是喜极而泣，因为我还活着。

他们拉着我坐进出租车。

黑泽尔搂住我：“你和老妈在一起了，现在什么都不需要担心了。”

我放空我的头脑，闭上我的眼睛。我靠在这个肉墩墩、潮乎乎的乡下傻瓜身上，像白痴似的如释重负。

122

瑞士家庭鲁滨孙[1]

他们带我来到弗兰克·赫尼克在瀑布顶上的豪宅。豪宅只剩下了瀑布背后的山洞，九号冰的蓝白色半透明圆顶笼罩着它，把它变成了某种冰屋。

这一伙人由弗兰克、小牛顿和克罗斯比夫妇组成。他们在宫殿的地牢里躲过劫难，地牢不如水牢那么深，条件也没那么优渥。风势刚减弱，他们就搬了出来，而蒙娜和我在地下又躲了三天。

说来也巧，他们发现那辆出租车奇迹般地在宫殿的拱门下等着他们。他们发现了一罐白漆，弗兰克在出租车前门上画了些白色的星星，在车顶上写了一个格兰法隆：美国。

“你把油漆留在了拱门底下。”我说。

“你怎么知道？”克罗斯比问。

“后来有其他人路过，写了一首诗。”

1　瑞士作家约翰·大卫·怀斯的同名小说，讲述一家人流落荒岛的鲁滨孙式生活。

我没有立刻问安吉拉·赫尼克·康纳斯、菲利普·卡斯尔和朱利安·卡斯尔是怎么死的，因为这会儿我没法提到蒙娜。我还没准备好。

我尤其不想提到蒙娜的死，因为坐在出租车里，我觉察到克罗斯比夫妇和小牛顿似乎格外高兴，高兴得不合时宜。

黑泽尔让我明白了他们为什么这么开心："等你看见我们是怎么生活的再说。我们有各种各样的美味佳肴。要是想喝水了，只需要生火化冰就行。我们管自己叫'瑞士家庭鲁滨孙'。"

123
鼠与人

怪诞的六个月匆匆而过，我在这六个月里写了这本书。黑泽尔称我们这个小团体为"瑞士家庭鲁滨孙"倒是很贴切，因为我们从一场暴风中活了下来，现在与世隔绝，而生活变得颇为轻松愉快，甚至不无迪士尼乐园的某种魅力。

没有动物或植物幸免于难，这是真的。但九号冰冷藏了大量猪、牛、小鹿、禽鸟和浆果，等待我们去解冻和烹煮。除此之外，玻利瓦尔的废墟里还有数以吨计的罐头等待我们去挖掘。而整个圣洛伦佐似乎只剩下了我们这几个活人。

食物不是问题，衣物和居所也不是问题，因为天气一成不变地干燥、死寂和炎热。我们的身体也总是很健康。细菌似乎也全被冻死了，至少也是休眠了。

我们的生活环境令人满意，我们也适应得自得其乐，因此当黑泽尔说“蚊子绝种终归是件好事”的时候，没人感到惊讶或提出异议。

她坐在一块空地上的一个三腿板凳上，弗兰克的家曾经就耸立在那里。她就像贝琪·罗斯[1]，正在用红白蓝三色的布条缝美国国旗。大家都很友好，不忍心告诉她，她使用的红色其实是桃红色，她使用的蓝色更接近青绿色，她剪的五十颗星星也不是美国国旗的五角星，而是大卫的六角星。

她丈夫本来就是个好厨子，这会儿正在一旁的篝火上用铁锅慢炖什么菜。他为我们所有人做饭，他喜欢烹饪。

“看上去不赖，闻着更香。”我评论道。

他朝我使个眼色：“对厨子好一点。他已经尽力了。”

我们有一搭没一搭地聊着天，弗兰克做的自动发报机用烦人的嘀嘀嘀、嗒嗒嗒伴奏。它在没日没夜地呼救。

“拯救我们的灵魂吧[2]，”黑泽尔一边缝布条，一边跟着发报机哼唱，“拯救我们的灵魂吧。”

“书写得怎么样？”黑泽尔问我。

“挺好，老妈，挺好的。”

---

1 贝琪·罗斯（Betsy Ross，1752—1836），美国女裁缝，据说应乔治·华盛顿的请求制作了第一面美国国旗。

2 Save our souls的缩写即是SOS。

“什么时候能给我们看一看？”

“等我准备好了，老妈，等我准备好了。”

“山地佬出了很多著名作家。”

“我知道。”

“那个名单很长很长，你会挤进去的。”她满怀期待地笑了笑，“你的书好玩吗？”

“我希望如此，老妈。”

“我想好好地笑一场。”

“我知道。”

“这儿每个人都有自己的特长，都能为其他人做些什么。你写书逗我们笑，弗兰克做他的科学玩意儿，而小牛顿——小牛顿为我们所有人画画，我缝纫，洛做饭。”

“‘众人拾柴火焰高。’中国谚语。”

“中国人啊，他们在许多方面都很有见地。”

“是啊。”

“现在我真希望我认真研究过他们。”

“嗯，就算在理性的环境下，这个难度也不小。”

“现在我真希望我认真研究过许多东西。”

“咱们都有后悔的事情，老妈。”

“所谓覆水难收嘛。”

“正如一位诗人说的，在老鼠和人说过的一切话里，最可悲的莫过于‘本来可以如何如何’。”

“这话很美，也很真实。”

124
弗兰克的蚂蚁农场

我不想看见黑泽尔缝好她的国旗，因为她围绕国旗琢磨出了一整套怪诞的计划，而我光是想一想就发怵。她认定我已经同意了去把那该死的玩意儿插上麦凯布山的峰顶。

“要是洛和我年轻几岁，我们就自己去了。现在我们只能把旗帜交给你，并送上我们衷心的祝福。”

“老妈，我觉得那儿未必是个插国旗的好地方。”

“还有更好的地方吗？”

“容我好好想一想。”我告退，去岩洞里看弗兰克在干什么。

他没有任何新想法。他在观察他搭建的蚂蚁农场。他在玻利瓦尔废墟的三维世界中挖出了几只幸存的蚂蚁，然后用两块玻璃做了个泥土蚂蚁三明治，把维度缩小成了二维。弗兰克不但抓住了这些蚂蚁，还对它们的行为品头论足，但蚂蚁对此无能为力。

实验在短时间内解答了蚂蚁如何在无水世界生存的疑问。据我所知，存活下来的昆虫只有蚂蚁。它们会用身体围绕九号冰的颗粒紧紧地抱成一团，由此产生的热量会杀死半数成员，但也会融化出一滴水。这滴水是可以喝的，那些尸体是可以吃的。

“吃，喝，尽情享乐吧，因为到了明天，我们都会死去。”我对弗兰克和他小小的同类相食者们说。

他的回应永远是一通暴躁的演说，讲述人类能从蚂蚁身上学到的各种美德。

我的回应也永远是照本宣科："大自然非常神奇，弗兰克。大自然确实非常神奇。"

"你知道蚂蚁为什么这么成功吗？"他第一千次地问我，"它们会分、工、合、作。"

"这个词可真是不赖——分工合作。"

"谁教它们如何取水的？"

"谁教我如何取水的？"

"你这么回答就没意思了，你自己也知道。"

"对不起。"

"有段时间，我会把别人逗趣的回答当真。我已经过了那个阶段了。"

"里程碑。"

"我成长了很多。"

"但这个世界付出了相当巨大的代价。"我尽可以对弗兰克说这种话，因为我百分之百确定他根本听不进去。

"有段时间，人们不费吹灰之力就能吓住我，因为我缺乏自信。"

"削减地球上的活人数量，这离解决你特定的社交问题还差了十万八千里呢。"我说。我的话依然像是石沉大海。

"告诉我，你告诉我，是谁教会了这些蚂蚁怎么取水？"他再次诘问我。

有那么几次，我提出显而易见的推测：是上帝教会了它们。而一次又一次的经验告诉我，他既不会反对也不会接受这个推测。他只会变得越来越愤怒，反复抛出这同一个问题。

按照《博克依之书》的教诲，我从弗兰克身旁走开。“有些人会想方设法了解一样东西，但了解后会发现自己并不比之前更加睿智，你们要当心这种人。”博克依教导我们，“另一些人虽然无知，但没有通过艰苦的方式获得无知。前者对后者充满了能杀人的憎恶。”

我去找我们的画家小牛顿了。

125

塔斯马尼亚人

我在岩洞四分之一英里之外找到了小牛顿，他正在画一幅万物萧条的风景画，他问我愿不愿意开车送他去玻利瓦尔搜罗颜料。他的脚够不到踏板，因此没法自己开车。

于是我们出发了，我在路上问他有没有性冲动。我哀叹说我没了，连春梦都不做，完全没有了。

“我以前会梦见二三十、三四十英尺高的女人，”他答道，“但现在？我的天，我甚至不记得我那个乌克兰小美女长什么样了。”

我想到我读过的塔斯马尼亚土著的资料，他们习惯于裸体，十七世纪与白人相遇时，他们对农业、畜牧业、任何形式的建筑都一无所知，很可能甚至不知道火是什么。在白人眼中，他们太无知了，因此不配被当作人类。最初的殖民者——英国流放的罪犯——以狩猎他们为消遣。土著觉得生活毫无吸引力可言，于是放弃了繁殖。

我对牛顿说，类似的绝望现在也阉割了我们。

牛顿的看法堪称精妙："我猜很多人没有意识到，床上的一切刺激都与让人类繁衍延续的刺激因素息息相关。"

"当然了，要是咱们之中有个正当育龄的女人，局势恐怕就完全不一样了。可怜的黑泽尔，她年纪太大，现在连个先天痴呆儿都生不出来了。"

牛顿告诉我，他对先天痴呆儿的了解相当全面。他上过一段时间残疾儿童学校，有几个同学就是先天痴呆儿。"我们班最好的写手就是个先天痴呆儿，名叫莫娜——我指的是书法，而不是她写的内容。上帝啊，我好些年没想到过她了。"

"你的学校好吗？"

"我只记得校长成天吆五喝六。我们要是搞出什么烂摊子，他就会在内部广播里训斥我们，开头第一句永远是'我受够了，真的累了……'"

"用来形容我绝大多数时候的心情倒是不错。"

"也许你就应该是这个心情呢。"

"牛顿啊，你说话很像博克侬教徒了。"

"有什么不好的？据我所知，在所有的宗教里，只有博克侬教提了一嘴侏儒。”

我不写作的时候，就会去钻研《博克侬之书》，但我没留意书里是怎么说侏儒的。多亏了牛顿的提醒，我这才注意到这句两行诗，它深刻地反映了博克侬教思想残酷的自相矛盾：一方面是用谎言掩盖现实那令人心碎的必要性，另一方面是谎言无法掩盖现实那令人心碎的不可能性。

侏儒，侏儒，小侏儒，看他昂首阔步乱抛眼色，
因为他知道一个人的心思有多大，人就有多大！

126
轻柔的管乐，继续吹奏吧

“多么压抑的宗教啊！”我叫道。我把话题引向乌托邦，探讨假如这世界有朝一日能解冻，它可能是个什么样，应该变成什么样，有什么会留下来。

但博克侬也涉足过这个领域了，甚至就乌托邦写了整整一册书。那是《博克侬之书》中的《第七书》，标题为《博克侬的理想国》。这本书里有他的一些骇人警句。

给药店盘货的手统治世界。

> 咱们从一个连锁药店、一个连锁杂货店、一个连锁毒气室和一种国民运动开始建设咱们的理想国。然后，咱们就可以编写咱们的宪法了。

我说博克侬是个黑皮的杂种，然后我再次改变话题。我说起一些个人别具深意的行为。我尤其钦佩卡斯尔父子选择的死法。龙卷风还在肆虐的时候，他们徒步走向丛林里的希望与慈悲之家，去奉献他们所有的希望与慈悲。还有可怜的安吉拉，我在她的死法中也看到了人性的光辉。她在玻利瓦尔的瓦砾堆里见到一支单簧管，全然不顾管嘴有没有受到九号冰的污染，捡起来直接就吹。

“轻柔的管乐，继续吹奏吧。”我用沙哑的声音喃喃道。

“好的，也许你也能给自己找个干净利落的死法。”牛顿说。

这话很有博克侬教的味道。

我随口说起我的梦想，我希望能爬上麦凯布山，把某种显眼的象征物插在峰顶。我暂时松开方向盘向他比画，告诉他象征物都是多么空洞。“但究竟该找个什么象征物才合适呢？到底该是什么呢？”我重新抓住方向盘，“你看看外面，世界已经终结；你看看我，差不多是最后一个人了；你看看那儿，视线内最高的山峰。我现在明白我的卡拉斯到底在干什么了，牛顿，它夜以继日地忙活了五十万年，就是为了怂恿我爬上那座山。”我摇摇头，快要哭了：“但是，以上帝的爱做证，我手里究竟应该拿着什么呢？”

提出这个问题的时候，我正茫然地望着车窗外。我对一切都视而不见，因此过了一英里左右才意识到我刚才和一个老黑人对视了片刻，那是个活生生会喘气的黑人，就坐在路边。

然后我放慢车速。然后我停车。我抬手捂住眼睛。

“怎么了？”牛顿问。

“我刚才看见博克侬了。”

127
完

他坐在一块石头上，光着脚，九号冰的薄霜覆盖了两只脚。他只披着一条蓝色簇绒的白色床罩。簇绒拼出的文字是“卡萨蒙娜”。他对我们的到来不理不睬。他一只手拿着铅笔，另一只手拿着纸。

“博克侬？”

“什么事？”

“我能问一下你在想什么吗？”

“年轻人，我在想《博克侬之书》的最后一句该怎么写。现在该写最后一句了。”

“想到什么了吗？”

他耸耸肩，递给我一张纸。

纸上写着：

要是我还年轻，我会写一本书，讲述人类犯蠢的历史；然后我会爬到麦凯布山的峰顶躺下，用我这本历史书当枕头；然后我会从地上沾一点能把人变成雕像的蓝白色毒药；然后我会把自己也变成雕像，就那么平躺在地上，满脸狰狞的笑容，朝你知道的那谁谁做个嘲讽的怪相。

第七辑

《常书鸿卷》杜　琪编选　《李焰平卷》杨光祖编选
《华　侃卷》看本加编选　《刘延寿卷》郝　军编选
《南国农卷》俞树煜编选　《王尚寿卷》杨小兰编选
《叶　萌卷》李敬国编选　《侯丕勋卷》黄正林　周　松编选
《周述实卷》常红军编选　《毕可生卷》沈冯娟　易　林编选

第八辑

《李正宇卷》张先堂编选　《武文军卷》韩晓东编选
《汪受宽卷》屈直敏编选　《吴福熙卷》周玉秀编选
《蹇长春卷》李天保编选　《张崇琛卷》王俊莲编选
《林　立卷》曹陇华编选　《刘　敏卷》焦若水编选
《白玉岱卷》王光辉编选　《李清凌卷》何玉红编选

第九辑

《李　蔚卷》姚兆余编选　《郗慧民卷》戚晓萍编选
《任先行卷》胡　凯编选　《何士骥卷》刘再聪编选
《王希隆卷》杨代成编选　《李并成卷》巨　虹编选
《范　鹏卷》成兆文编选　《包国宪卷》何文盛　王学军编选
《郑炳林卷》赵青山编选　《马　德卷》买小英编选

第四辑

《刘天怡卷》赵　伟编选　《韩学本卷》孔　敏编选
《吴小美卷》魏韶华编选　《初世宾卷》李勇锋编选
《张鸿勋卷》伏俊琏编选　《陈　涌卷》郭国昌编选
《柯　杨卷》马步升编选　《赵荫棠卷》周玉秀编选
《多识·洛桑图丹琼排卷》杨士宏编选
《才旦夏茸卷》杨士宏编选

第五辑

《丁汉儒卷》虎有泽编选　《王步贵卷》孔　敏编选
《杨子明卷》史玉成编选　《尤炳圻卷》李晓卫编选
《张文熊卷》李敬国编选　《李　恭卷》莫　超编选
《郑汝中卷》马　德编选　《陶景侃卷》颜华东　闫晓勇编选
《张学军卷》李朝东编选　《刘光华卷》郝树声　侯宗辉编选

第六辑

《胡大浚卷》王志鹏编选　《李国香卷》艾买提编选
《孙克恒卷》孙　强编选　《范汉森卷》李君才　刘银军编选
《唐　祈卷》郭国昌编选　《林家英卷》杨许波　庆振轩编选
《霍旭东卷》丁宏武编选　《张孟伦卷》汪受宽　赵梅春编选
《李定仁卷》李瑾瑜编选　《赛仓·罗桑华丹卷》丹　曲编选

《陇上学人文存》已出版书目

第一辑

《马　通卷》马亚萍编选	《支克坚卷》刘春生编选
《王沂暖卷》张广裕编选	《刘文英卷》孔　敏编选
《吴文翰卷》杨文德编选	《段文杰卷》杜琪　赵声良编选
《赵俪生卷》王玉祥编选	《赵逵夫卷》韩高年编选
《洪毅然卷》李　骅编选	《颜廷亮卷》巨　虹编选

第二辑

《史苇湘卷》马　德编选	《齐陈骏卷》买小英编选
《李秉德卷》李瑾瑜编选	《杨建新卷》杨文炯编选
《金宝祥卷》杨秀清编选	《郑　文卷》尹占华编选
《黄伯荣卷》马小萍编选	《郭晋稀卷》赵逵夫编选
《喻博文卷》颜华东编选	《穆纪光卷》孔　敏编选

第三辑

《刘让言卷》王尚寿编选	《刘家声卷》何　苑编选
《刘瑞明卷》马步升编选	《匡　扶卷》张　堡编选
《李鼎文卷》伏俊琏编选	《林径一卷》颜华东编选
《胡德海卷》张永祥编选	《彭　铎卷》韩高年编选
《樊锦诗卷》赵声良编选	《郝苏民卷》马东平编选

学报》2019 年第 4 期。

《坚持创新在现代化建设全局中的核心地位》,《甘肃日报》2020 年 11 月 10 日。

《慈母风范与长子情怀》,《青海日报》2020 年 12 月 21 日。

《善于用改革创新办法破解难题》,《甘肃日报》2020 年 12 月 30 日。

《“文化综合创新论” 是折中论吗? ——兼与金惠敏教授商榷》,《福建论坛·人文社会科学版》2020 年第 12 期。

《文明互鉴论的中国文化立场》,《甘肃社会科学》2020 年第 3 期。

《为人民谋幸福的一百年》,《甘肃日报》2021 年 11 月 26 日。

《界定与辨析:“创造性转化”“创新性发展”的内涵解读》,《兰州大学学报》(社会科学版)2021 年第 2 期。

《让思想冲破牢笼》,《甘肃日报》2021 年 3 月 23 日。

《〈共产党宣言〉:人民美好生活观的思想源头》,《甘肃社会科学》2021 年第 6 期。

《死死扭住创新驱动发展这个牛鼻子》,《甘肃日报》2017 年 1 月 10 日。

《构筑马克思主义中国化理论高地》,《甘肃日报》2017 年 10 月 13 日。

《主要矛盾的转化是进入新时代的依据》,《甘肃日报》2017 年 11 月 1 日。

《重温“八个着力”共建幸福美好新甘肃》,《甘肃日报》2017 年 2 月 24 日。

《坚持“党校姓党”做从严治党的排头兵》,《甘肃日报》2017 年 3 月 17 日。

《以改革创新促进经济社会健康发展》,《甘肃日报》2017 年 5 月 10 日。

《发挥党校优势打造特色智库》,《甘肃日报》2017 年 5 月 12 日。

《提升我省县域经济发展层次》,《甘肃日报》2017 年 8 月 11 日。

《凝聚人类命运共同体的文化共识》,《甘肃日报》2017 年 9 月 29 日。

《“通而不统” 与 “一带一路”》,《民主协商报》2018 年 11 月 6 日。

《“通而不统” 的敦煌精神是构建人类命运共同体重要的思想文化资源》,《甘肃理论学刊》2018 年第 2 期。

《人在风云变幻中道通天地有形外——忆冯友兰先生》,《学习时报》2018 年 4 月 27 日。

《习近平新时代中国特色社会主义思想传承的马克思精神》,《天津师范大学学报》(社会科学版)2019 年第 2 期。

《“初心”“使命”从何而来》,《甘肃日报》2019 年 6 月 25 日。

《冯友兰通论佛学对敦煌哲学研究可能的启示》,《天水师范学院